光文社古典新訳文庫

トニオ・クレーガー

マン

浅井晶子訳

kobunsha classics

光文社

Title : TONIO KRÖGER
1903
Author : Thomas Mann

目次

トニオ・クレーガー　5
解説　伊藤白　148
年譜　172
訳者あとがき　179

トニオ・クレーガー

クルト・マーテンス[1]へ

1　一八七〇—一九四五。ドイツの作家であり、トーマス・マンの親しい友人だった。

1

　冬の太陽は貧弱で、厚い雲の向こうから乳白色ののっぺりした光で狭い町[2]を覆っていた。切妻屋根の連なる通りはじめじめと寒く、冷たい風が吹き抜ける。ときどき、氷でもなければ雪でもない、柔らかな霰《あられ》のようなものが降ってくる。

　放課後。解放された生徒たちの群れが、石畳の校庭を横切り、格子門からあふれ出ると、右へ左へと家路を急ぐ。上級生たちは恰好《かっこう》良く本の束を左肩にかつぎつつ、向かい風をこぐように右腕を振りながら、昼食の待つ家へと戻っていく。年少の生徒たちは陽気に駆け出すので、雪混じりの泥があちこちに跳ね、アザラシ革のランドセルに入った勉強道具がカタカタと音を立てる。それでも、オーディンがかぶるような帽子にユーピテルのような髭《ひげ》[3]で悠然と歩く教師の姿を目にすると、そこここで誰もが従順な顔になり、帽子を頭からさっと取る。

「そろそろ行かないかい、ハンス？」トニオ・クレーガーは言った。もうずっと前から車道で待っていたのだ。友人ハンスに笑顔で歩み寄る。ハンスはほかの級友たちと話しながら門を出てきて、そのまま行ってしまいそうだったが、「え？」と訊《き》き返して、トニオを見つめた。「あ、そうだった！　うん、少し一緒に歩こう」

トニオは黙り込み、瞳を曇らせた。今日の昼、一緒にちょっと散歩をしようと約束したのを、ハンスは忘れていたのだろうか？　いまになるまで思い出さなかったのだろうか？　自分のほうは、約束してからずっとそのことばかり考えて、楽しみにしていたのに！

「じゃあみんな、またな！」ハンス・ハンゼンは級友たちにそう言った。「僕はクレーガーとちょっと散歩して帰るよ」こうしてふたりは、右のほうへとそぞろ歩いていく級友たちと別れ、左へ向かった。

ハンスとトニオには、放課後に散歩をする時間があった。どちらの家でも、昼食は四時になるまでとらないからだ。どちらの父親も大商人で、公職をいくつも持ち、町で権勢を誇っていた。ハンゼン家は代々、広大な材木置き場を川沿いにいくつも所有しており、そこでは巨大な機械式ののこぎりがうなりをあげて丸太を切断している。トニオのほうはクレーガー領事の息子だ。クレーガー家の大きな黒い社章のついた穀物袋が馬車に積まれて通りを往来する光景が見られない日はない。それに、先祖代々の古い大きな家は、町中で最も豪壮だ。行き逢う知り合いが多くて、ふたりは帽子を脱いでばかりだった。それどころか、十四歳のふたりが、出会う人たちから先に声をかけられることもしょっちゅうだった。

ふたりとも学生かばんを肩にかけ、暖かくて上等な服を着ていた。ハンスは丈の短い船乗り用のマント。その下に着た水兵服の青い幅広の襟が、肩と背に広がっている。トニオのほうはベルトの付いた灰色のトッパーコートだ。ハンスは短いリボンの付いたデンマーク風の水兵帽をかぶっており、その下からは明るい金髪が溢《あふ》れ出ている。

2　本書の冒頭は、トーマス・マンの故郷である北ドイツの都市リューベックが舞台となっている。
3　オーディンは北欧神話の主神。つばの広い帽子をかぶった姿で描かれることが多い。ユーピテルはローマ神話の主神。

類《たぐい》まれな美貌と均整の取れた体つき。肩幅は広く、腰は細く、鋼のように青い瞳の投げる視線は、あけっぴろげだがきりりと鋭い。トニオのほうは、丸い毛皮帽の下に、南国人らしい彫りの深い褐色の顔があり、まぶたの厚い、優しい陰を帯びた黒い瞳が、夢見るように、少し内気なまなざしを投げかけている。口と顎の線は並はずれて柔らかだ。トニオがぶらぶらと不規則に歩く一方、ハンスの黒いハイソックスに包まれたすらりとした脚は、しなやかに、しっかりと規則的な歩を刻んでいく。トニオはなにも話さなかった。胸が痛かった。少し歪《ゆが》んだ眉を寄せて、口笛を吹こうと唇を丸めながら、首をかしげてかなたへと目をやる。この姿勢と表情は、トニオ独特のものだ。

突然ハンスがトニオの腕に自分の腕を絡ませ、横から見つめてきた。トニオがなにを気に病んでいるのか、よくわかっているのだ。トニオは黙ったまま歩き続けたものの、一気に気持ちがほぐれた。

「忘れてたわけじゃないんだ、トニオ」ハンスは言って、足元の歩道に目を落とした。「ただ、今日はもう散歩は無理なんじゃないかと思ってただけだよ。だって、こんなにじめじめしてて、風も強いじゃないか。でも僕はそんなの気にしない。だから、君がやっぱり待っててくれてうれしいよ。もう家に帰っちまったんだと思って、怒ってたんだ……」

ハンスのこの言葉に、トニオのすべてが飛び跳ね、歓声をあげた。

「うん、じゃあ土手を行こう！」トニオは弾む声で言った。「ミューレン土手とホルステン土手。そうすれば君の家まで送ってあげられるよ、ハンス……ううん、その後ひとりで帰るのはちっともかまわないんだ。次は君が僕を家まで送ってくれればいいんだから」

実のところ、トニオはハンスの言葉を心の底から信じているわけではなかった。トニオがこの散歩に懸ける気持ちの半分さえ、ハンスは持ち合わせていない。そのことははっきりと感じていた。それでも、ハンスが己の忘れっぽさを悔いて、わざわざ仲直りしようと心を砕いてくれるのがわかる。そしてトニオは、仲直りを遅らせようとは少しも思わなかった。

結局のところ、トニオはハンスを愛しているのだった。そしてこれまでにもハンスのことでさまざまな苦しみを味わってきた。愛の大きなほうが敗者なのであり、苦しむしかない――この明快かつ厳しい教訓を、十四歳のトニオの魂は、すでに人生から受け取っていた。そしてトニオは、こういった経験をしっかり記憶に刻み、心のなかに書き留め、ある意味そこに喜びさえ見出《みいだ》す人間だった。もちろん、こういった経験に隷属することはなかったし、実生活に役立つようにそれらを利用するようなこともなかった。だがトニオは、こういった教訓を、学校で押し付けられる知識よりもずっと重要で興味深いと思っていた。だから、授業中はずっとゴシック様式の円天井を持つ教室で、こういった洞察を底の底まで味わい尽くし、しっかりと考え抜くことに費やすのだった。そんなときの満足感は、ヴァイオリンを手に自分の部屋を歩きまわりながら（そう、トニオはヴァイオリンを弾くのだ）、できる限り柔らかな音を出して、庭にある古い胡桃《くるみ》の木の枝の下で踊るように湧き上がる噴水の水音に調和させるときの気持ちによく似ていた。

噴水と古い胡桃の木、ヴァイオリン、そしてかなたには海――夏休みになると、トニオはバルト海の真夏の夢のような波音に耳を澄まして過ごす――それがトニオの愛するものたちだった。いわばトニオとともにあり、トニオの内面生活を彩るものだ。これらの名前は、詩に織り込むと素晴らしい効果を発揮するし、実際トニオはときおり書く詩に繰り返しそれらを響かせていた。

自作の詩を書きつけたノートを持っているという事実を、トニオは一度うっかりして皆に知られてしまい、そのせいで級友のあいだでも教師のあいだでも恥ずかしい思いをしていた。クレーガー領事の息子トニオは、一方では詩を書くことを見下すなんて愚かで卑劣なことだと思い、級友のことも教師たちのことも軽蔑していた。おまけに彼らの礼儀をわきまえない態度にますます嫌悪感を募らせ、彼らの個人的な欠点を奇妙なほどはっきりと見透かしてもいた。だが他方で、詩を書くなどという行為は、自分でも自堕落で不適切だと感じてもおり、詩作なんて変人のすることだと考える人たちのことを、ある意味では正しいと認めざるを得なかった。ただ、だからといって詩を書くことをやめることはできなかった。

家では漫然と過ごすうえ、授業中には頭の回転が遅く、ぼんやりしていて、教師の覚えが悪かったせいで、家に持ち帰る成績は常に最悪だった。それがトニオの父——

身だしなみに気を配る背の高い紳士で、思索的な青い瞳を持ち、ボタン穴にはいつも野の花を挿している——を非常に怒らせ、心配させた。だがトニオの母——コンスエロという名を持ち、父がかつて地図ではうんと南のほうに位置する国から連れてきたために、町のどの婦人たちともまったく違っている黒髪の美しい母——は、成績など少しも気にかけなかった。

トニオは黒髪で炎のような気性の母を愛していた。グランドピアノとマンドリンを素晴らしく演奏する母を。そして、トニオが周りから浮いていることを、母が少しも嘆かないことを、うれしく思っていた。だが一方では、父の怒りのほうが母の無関心よりもずっと尊敬すべき貴いものだという気がして、たとえ叱られても、心の奥底では父の言い分に完全に納得していた。そして母の朗らかな無関心のことを、少しだらしがないと思っていた。ときどき、トニオはこんなふうに思うのだった——僕はこんな人間なんだから、しかたがないじゃないか。自分を変えようとも思わないし、変えることもできない。怠け者で、強情で、ほかの誰も考えないようなことばかり考えてる。だから少なくとも、僕のことは真剣に叱ったり罰したりするべきなんだ。キスと音楽とでごまかして、素知らぬふりなんかしちゃいけない。なんといったって、僕たちは緑の馬車に乗ったジプシーなんかじゃない、きちんとした人間なんだから。クレーガー領事の家族であり、クレーガー家の人間なんだから……だがトニオはまた、よくこんなふうにも思った——どうして僕はこんなに変わっていて、周りと衝突ばかりするんだろう？　先生たちとは合わないし、ほかの生徒たちのなかでは浮いてしまう。ほかのやつらを見てみろ。みんな学校ではいい生徒だし、平凡だけど堅実にやってる。教師のことを滑稽だと思ったりしないし、詩を書きもしないし、誰でも考えるようなこと、堂々と口に出せることしか考えない。この世界にうまくなじんで、疑問も覚えず納得しているじゃないか！　きっと気楽だろうな……それに引き替え、この僕はどうだろう。それに、これからどうなってしまうんだろう？

自分自身について、人生に対する姿勢についてこんなふうに考えることは、トニオのハンス・ハンゼンへの愛情においても大きな意味を持っていた。トニオがハンスを愛しているのは、まずなによりハンスが美しいからだ。だが次に、ハンスがどこをどう切り取ってもトニオ自身とは正反対の人間だと思えるからでもあった。ハンス・ハンゼンは学校では優秀な生徒であるうえに、神話の英雄のように馬に乗り、跳ねまわり、泳ぐ、はつらつとした少年で、誰からも好かれていた。教師たちはハンスを猫かわいがりしているといってもよく、「ハンス」と名前で呼び、あらゆる助力を惜しまなかったし、級友たちはハンスの好意を得ようと懸命で、通りでは紳士や淑女たちがハンスを呼び止め、デンマーク風の水兵帽の下から溢れ出る明るい金髪に触れて、こう言うのだった。「こんにちは、ハンス・ハンゼン。素敵な髪ね！　いまもまだクラスの首席なの？　本当に立派な子ね。パパとママによろしくね……」

これがハンス・ハンゼンだ。そしてトニオ・クレーガーはハンスを知って以来、その姿を見るたびに憧れを感じるのだった。胸のなかで燃え続ける、嫉妬交じりの憧れを。こんな青い瞳を持った人がいるなんて、とトニオは思う。こんなふうに周りの世界になじんで、幸せに生きる人がいるなんて！　君はいつだって、誰からも尊敬される立派な活動で忙しくしている。宿題を終わらせた後は乗馬のレッスンを受けるか、糸のこぎりを使って工作をする。夏休みにだって、海へ行くと、君はボートをこいだり、ヨットに乗ったり、泳いだりしている。僕のほうは、ぼんやりとだらしなく砂浜に寝そべって、海の表情をかすめる謎めいたうつろいやすい変化を見つめているばかりだっていうのに。でも、そんなものを見つめるには、君の瞳は澄みすぎているんだ。君のようになれたら……。

トニオは、ハンス・ハンゼンのようになろうと試みたりはしなかったし、実のところ、本気でそうなりたいと望んでさえいなかった。だが、ありのままの自分をハンスに愛してほしいと痛いほど切望し、トニオなりに懸命に愛を得ようとしていた。それは遅々として進展しない、内気で、献身的で、苦しく、切ない愛し方ではあったが、トニオの異国風の外貌から人が想像するどんな衝動的な情熱よりもさらに深く貪欲に燃える、哀切に満ちたものだった。

だがそれは、報われないばかりの愛ではなかった。ハンスは、難しいことがらを表現する言葉の能力において、トニオが自分より勝っていることを認めており、トニオが並はずれて強く優しい気持ちを自分に抱いていることもよくわかっていて、その好意に感謝し、応《こた》えることで、トニオに多くの幸せを与えてくれた。だが同時にトニオは、多くの痛みも味わった。嫉妬し、失望し、同じ気持ちを共有したい、心を通わせたいと空回りの努力をした。実際、奇妙なことに、ハンス・ハンゼンという存在を羨んでいながら、トニオは常にハンスを自分の世界のほうへ引っ張り込もうと懸命だった。だがそれは成功したとしてもせいぜいいっときのことで、そのいっときでさえ、ただの見せかけにすぎなかった。

「最近、面白い本を読んだんだ。素晴らしい本だよ……」トニオは言った。ふたりは並んで歩きながら、ミューレン通りにあるイーヴァーゼン食料品店で十ペニヒ払って買ったフルーツボンボンを、ひとつの袋から一緒に食べていた。「君にも読んでほしいな、ハンス。シラーの『ドン・カルロス』[4]っていうんだ……もしよければ貸してあげるよ」

「いや、いい」ハンス・ハンゼンが言った。「やめとくよ、僕には向いてない。僕には馬の本でじゅうぶんだよ。すごい図解が入ってるんだ。今度うちに来たら、見せてやるよ。瞬間撮影っていうやつで、速歩《はやあし》や駈歩《かけあし》や跳躍のときの馬の姿勢が全部見られるんだ。現実には一瞬で過ぎ去るから、全然見られない姿勢がさ」

「全部？」トニオは礼儀正しく尋ねた。「へえ、それはいいね。でも、『ドン・カルロス』のほうはね、とても言葉じゃ言い表せないくらいすごいんだ。きっとびっくりするよ、ぐっと来るっていうか、しびれるような場面があって……」

「しびれる?」ハンス・ハンゼンは訊いた。「どんなところが?」

「たとえば、国王が泣くところ……侯爵に裏切られたからなんだけど、でも侯爵が王を裏切ったのは、ただただ王子のためなんだ。わかるかい、侯爵は王子のために犠牲になるんだよ。そしてそこで、王の部屋から控えの間に、王が泣いたっていう知らせが伝わる。『泣かれた?』『王が泣かれただと?』って、廷臣たちはみんな狼狽《ろうばい》して、ひどい衝撃を受ける。だって、王はすごく頑固で、厳しい人だから。でも、王が泣いた理由が、僕にはよくわかるんだ。実際、僕は王子と侯爵を合わせたよりもずっと、王のほうに同情するな。ずっとひとりぼっちで、誰からも愛されずにいて、ようやくたったひとり信じられる人間を見つけたと思ったのに、その人間に裏切られるなん

4 スペイン国王フェリペ二世の嫡子ドン・カルロス(一五四五—六八)を描いた戯曲。一七八七年刊。

て……」

ハンス・ハンゼンは横からトニオの顔を見つめていた。そして、トニオの表情にあるなにかのせいで、この話に興味を持ったようで、ふいにまたトニオの腕に自分の腕を絡ませると、こう尋ねた。

「侯爵は王をどんなふうに裏切るんだい、トニオ？」

トニオは勢いづいた。

「それはね、こうなんだ」と話し始める。「ブラバントとフランドルへの手紙が全部……」

「あ、エルヴィン・イマータールだ」とハンスが言った。

トニオは口を閉じた。イマータールなんて地底に呑《の》み込まれちまえ！　と思った。どうしてこんなときに邪魔するんだ！　このままのこのこついてきて、ずっと乗馬のレッスンの話ばかりしなければいいんだけど……というのも、エルヴィン・イマータールもまた乗馬のレッスンを受けているのだ。銀行の頭取の息子で、ふたりがいまいる市門の外の町はずれに住んでいる。がにまたで、目が細長いエルヴィンが、並木道をこちらへと歩いてくる。いったん家に帰ったようで、もう学生鞄《かばん》は持っていない。

「やあ、イマータール」ハンスが言った。「クレーガーとちょっと散歩してるところなんだ……」

「僕は町へ行くところだ」イマータールが言った。「ちょっと買い物があって。でも少しだけ君たちと一緒に行こうかな……あ、それ、フルーツボンボンだよな？　うん、悪い、少しもらうよ。なあハンス、明日はまたレッスンだな」

「そうだな！」とハンスが言った。「僕、今度革のゲートルを買ってもらうんだ。このあいだ宿題で優を取ったからさ……」

「君は乗馬のレッスンを受けてないんだよな、クレーガー？」イマータールが訊いた。細い目をさらに細めたので、顔に入った二本の切れ込みから白い光線が出ているように見える。

「うん」と、トニオはどっちつかずの声音で答えた。

「親父さんに頼んでみろよ」ハンスが言った。「君もレッスンを受けたいって、な、クレーガー」

「そうだね……」トニオは即座に返事をしたが、乗馬のことなどどうでもよかった。一瞬、喉が締め付けられるような気分になった。ハンスに苗字で呼ばれたせいだ。ハンスのほうもそれに気づいたらしく、言い訳するようにこう言った。

「君をクレーガーって呼ぶのは、トニオって名前があんまりひどいからさ。いや、悪い。でも、とても口に出せたものじゃないよ、トニオだなんて……ちゃんとした名前とは言えないじゃないか。でもまあ、君のせいじゃないんだから、気にするなよ！」

「そうだよ、君がそういう名前なのはたぶん、外国風の響きで、どこか特別な感じがするからだろうし……」イマータールが、場の気まずさを取り繕おうとするかのように言った。

トニオの口の端が引きつった。なんとか気力を奮い立たせて、こう言った。

「うん、確かに変な名前だよね。僕だって、ハインリヒとかヴィルヘルムって名前だったらよかったと思うよ、本当に。だけど僕の名前は、母の兄弟のひとりからもらったものなんだ。その人がアントニオって名前でさ。だって僕の母は、ほら、あっちの人だから……」

それからトニオは黙り込み、ふたりが馬と革製品のことを語り合うに任せておいた。ハンスはイマータールの腕を取り、夢中で話している。『ドン・カルロス』では決してこれほどの熱意は呼び覚まされなかっただろう……ときどきトニオは、鼻がつんとして泣きたくなるのを感じた。それに、絶え間なく顎が震え出すのをなんとかこらえようと必死だった。

ハンスは僕の名前を好きじゃない——だからって、どうしろっていうんだ？　ハンスの名前はハンスだし、イマータールはエルヴィン、確かに誰も変だなんて思わない、よくある名前だ。でも「トニオ」は、どこか異国風で風変わりだ。実際トニオには、本人が望むと望まざるとにかかわらず、どこをとっても風変わりなところがあった。それに、品行方正な普通の人たちの輪から締め出された、孤独な人間だった。僕は緑の馬車に乗ったジプシーなんかじゃない、クレーガー領事の息子で、クレーガー家の一員だっていうのに……それにしても、どうしてハンスは、ふたりきりのあいだは僕をトニオって呼ぶのに、別の誰かが加わると、急に恥ずかしがるんだろう？　ときおりではあっても、ハンスが近くて親しい存在になる瞬間は、確かにあった。侯爵は王をどんなふうに裏切るんだい、トニオ？　さきほどハンスはトニオの腕を取って、そう訊いたではないか。ところが、イマータールがやってくるやいなや、ハンスはどこかほっとしたように息をつくと、トニオのことを放り出したうえに、トニオの風変わりな名前のことまで、必要もないのにあげつらった。なんて辛《つら》いんだろう――こんなふうにすべてを見透かしてしまうとは！　ハンス・ハンゼンは、ふたりきりでいるときになら、自分に少しばかり好意をもってくれる。それはよくわかっていた。ところが、別の誰かが来ると、ハンスはトニオと仲良くしていることを恥ずかしがって、トニオを犠牲にするのだ。そしていま、トニオはまたしてもひとりだった。フィリップ王のことが頭に浮かんだ。王は泣いた……。

「うわ、まずい」エルヴィン・イマータールが言った。「本当にもう町へ行かないと！　じゃあな、ふたりとも、フルーツボンボンをありがとう！」そう言うやいなや、イマータールは道端のベンチに飛び上がると、曲がった脚でその上を走り抜け、そのまま去っていった。

「イマータール、僕は好きだな！」ハンスが力強くそう宣言した。ハンスには、好意や嫌悪を表明し、いわば王侯のように鷹揚《おうよう》にそれを周囲に分かち与えるという、甘やかされて育った人間特有の自信家なところがあった。その後ハンスは、一度興が乗ったせいで、そのまま乗馬のレッスンのことを話し続けた。ハンゼン一家の住む家までも、もうあまり遠くなかった。土手を歩いていけば、それほどかからない。ふたりは、裸の木々の枝のあいだをうめき声を上げながら吹き抜ける湿った強い風から身を守るように、帽子をしっかりと手で押さえ、前かがみになって歩いた。ハンス・ハンゼンは話し続けたが、トニオのほうはときどき感情のこもらない「へえ」とか「うんうん」といった相槌《あいづち》を打つばかりだった。ハンスが話に夢中になるあまり、再びトニオの腕を取ったが、喜びは湧いてこなかった。そんなものは見せかけの親しさにすぎず、意味のないことだからだ。

駅からそう遠くないところで、ふたりは土手を降り、列車が煙を吐きながら、ガタガタと精一杯急いで通り過ぎるのを見つめ、時間つぶしに車両の数を数えて、最後尾の車両の一段高くなった場所に毛皮に包まれて座っている乗務員に手を振った。その後、リンデン広場にある豪商ハンゼン家の屋敷の前で、ふたりは立ち止まった。ハンスが、庭の門に乗っかって蝶番《ちょうつがい》がギシギシきしむまで激しく揺らすのがどれほど楽しいかを、詳しく実演して見せた。そしてその後、別れを告げた。

「さあ、そろそろ帰らないと」ハンスは言った。「じゃあな、トニオ。次は僕が君の家まで送るよ。絶対だ」

「じゃあね、ハンス」トニオは言った。「散歩できて楽しかったよ」

握手を交わしたふたりの手はびしょ濡れで、庭の門の錆《さび》がこびりついていた。トニオの目を見つめたハンスの美しい顔に、うしろめたさに似たなにかが浮かんだ。

「そうそう、今度『ドン・カルロス』を読んでみるよ！」ハンスは急《せ》くように言った。「王様が部屋で泣くところ、きっとすごいんだろうな！」ハンスは鞄を小脇に抱えて、前庭を走っていった。そして家のなかに入る前に、もう一度振り返ってうなずいた。

こうしてトニオ・クレーガーは、晴れやかな、弾むような気持ちで歩き出した。追い風が背中を押してくれるが、これほど軽やかな足取りでハンスの家を後にすることができたのは、そのせいばかりではなかった。ハンスが『ドン・カルロス』を読んでくれる。そうしたら、ふたり共通の話題ができる。イマータールも、ほかの誰も割って入ってこられない、ふたりだけの話題が！　それだけじゃない――もしかしたら、ハンスも詩を書くように説得できるんじゃないだろうか？　……いや、やっぱりそれはいやだ！　ハンスには、僕のようにはなってほしくない。いまのままでいてほしい。明るく、強く、誰もが愛する、そして誰よりも僕が一番愛するハンスのままで！　でも、『ドン・カルロス』を読むくらいなら、別に害はないだろう……。こうしてトニオは、ずんぐりした古い市門をくぐり、港沿いに歩いた後、立ち並ぶ切妻屋根の合間を風の吹きぬける、じめじめした急な坂道を、両親と暮らす家まで登った。

この当時、トニオの心は生きていた。そこには憧憬があり、憂鬱な嫉妬と、少しばかりの軽蔑と、純真そのものの幸福があった。

2

金髪のインゲ――インゲボルク・ホルム。ドクター・ホルムの娘で、マルクト広場に面した家に住んでいる。先端が高く鋭く空へと伸びる重層的なゴシック様式の噴水がある、町の中心部だ。このインゲこそ、十六歳になったトニオ・クレーガーが愛する人だった。

なぜインゲに惹《ひ》かれたのだろう？　インゲの姿なら、トニオはそれまで数え切れないほど何度も目にしてきた。ところがある晩、いつもとは違う明かりに照らされた彼女を見たのだった。インゲはひとりの友人と話していて、ある独特の高慢なはしゃいだ笑い声をあげると、首をかしげた。そして、ある独特のしぐさで手を――特にほっそりしているわけでもなく、繊細とはとてもいえない小さな少女の手を――頭の後ろにもっていったので、紗織《しゃお》りの袖が肘からすべり落ちた。トニオはそれを目にした。そして、どうということのない言葉に独特の抑揚をつけるインゲの声に温かな響きがあるのを耳にした。その瞬間、トニオの心はわしづかみにされてしまったのだった。それはかつて、まだ幼くて愚かな少年だったころ、ハンス・ハンゼンを見つめながら、ときに感じたのとは比べ物にならない強い感情だった。

その晩、トニオはインゲの姿を心に抱いたまま帰った。豊かな金髪のお下げ髪、笑みをたたえた青い切れ長の目、どことなく鞍《くら》のように鼻を覆う薄いそばかすを。インゲの声の響きが耳にこだまして、トニオは眠れなかった。どうということのない言葉を口にしたときのあの独特の抑揚を小声でまねしてみながら、身を震わせた。それが恋だということは、経験からわかっていた。恋に落ちてしまえば、多大な痛みと苦悩と屈辱を味わうことになることも、心はもはや安らかではいられず、音楽でいっぱいに満たされてしまうことも。だから、いったん恋に落ちてしまえば、素材を磨き、そこから余裕をもってひとつの完成した芸術作品を創り上げるための落ち着きなどなくしてしまう。それでもトニオは喜んで恋を受け入れ、その恋にすっかり身をまかせ、心血を注いで大切に守り育てた。恋が人の心を豊かで快活にすることを知っていたし、余裕をもってひとつの完成した芸術作品を創り上げることよりも、豊かで快活に生きることのほうに憧れていたからだ。

トニオ・クレーガーが朗らかなインゲ・ホルムに魅了されたのは、フステーデ領事夫人のがらんとしただだっ広い広間《サロン》でのことだった。その晩は、夫人がダンス教室を催す番だった。それは一流家庭の子女ばかりが参加する内輪の集まりで、それぞれの両親の家に順番に集まって、ダンスと礼儀作法を習うというものだった。私的な教室とはいえ、バレエの名手であるクナーク氏が、毎週わざわざハンブルクからよばれる。

フランソワ・クナークというのが、その名手の名前だ。これがまた、なんという男であることか！「お目にかかれて光栄に存じます」とクナーク氏はフランス語で言う。「クナークと申します《モン・ノーム・エ・クナーク》……ここはお辞儀をしながらではなく、身体を起こしてから言うのです――声は抑えて、しかし明瞭に。フランス語で自己紹介しなければならない場面が毎日のようにあるわけではないでしょうが、フランス語で正確に完璧に自己紹介ができれば、ドイツ語でするときには、失敗などしようがありませんからね」

むっちりした腰にぴったり沿ったフロックコートの優雅な着こなし！　ズボンは柔らかにうねりながら、幅の広いサテンのリボンのついたエナメル靴の上に垂れかかっている。その茶色い瞳は、己の美しさに酔い、物憂い幸福感をたたえて漂っている。

　クナーク氏のあまりの自信と過剰な礼儀作法に、誰もが息苦しさを感じていた。クナーク氏はその家の女主人に歩み寄ると――彼のようになめらかに、しなやかに、はずむように、王のような威厳をたたえて歩ける者はほかにいない――お辞儀をして、相手が手を差し出すのを待つ。そしてその手を取った後は、小声で礼を述べ、羽根のように軽やかに下がり、左足を軸にしてくるりとターンしたかと思うと右足の爪先を素早く蹴りだして、腰をくねらせながら歩み去る。

　その場を辞去するときには、お辞儀をしながら後じさりでドアまで行くことになっている。椅子を引き寄せるときには、脚をつかんだり、床を引きずったりするのではなく、背もたれに軽く手を当てて運び、音を立てないように床に降ろす。立っているときには、両手を腹の上で組んではならず、舌を口の端から突き出してもならない。うっかりそんなことをしようものなら、クナーク氏はそれをことさら大げさに真似《まね》して見せるので、間違いを犯した者は残りの生涯、二度とその姿勢を取ろうとは思わなくなる。

ここまでは礼儀作法だ。さらにこれがダンスとなると、クナーク氏の名人芸はいっそう冴《さ》えわたるように見えた。がらんとした広間では、シャンデリアのガス灯と、暖炉の上に置かれたろうそくとが燃えている。床には滑りをよくするためにタルカムパウダーがまかれ、生徒たちは押し黙ったまま半円形に並んでいる。一方、カーテンの向こうの続きの間では、生徒の母親や伯母《おば》たちがビロード張りの椅子に座って、クナーク氏の姿を柄付き眼鏡《めがね》で見つめている。氏は前かがみの姿勢で、フロックコートの裾を左右それぞれ二本の指でつまんだまま、弾むようなステップでマズルカ[5]の個々のパートの手本を見せる。また、観客をとことん混乱させようともくろんだときには、特に必要もないのに突然床から飛び上がり、空中で両脚を驚くほど素早く回してみせる。左右の脚が細かく震えるさまは、まるでトリルを奏でるかのようだ。そして、くぐもってはいるものの万物の根幹を揺り動かすような衝撃音とともに、この地上に帰還する。

なんと珍妙な猿だろう、と、トニオ・クレーガーは心のなかで思っていた。とはいえ、インゲ・ホルム――朗らかなインゲ――が、よく陶酔の微笑《ほほえ》みを浮かべてクナーク氏の動きを追っているのも、しっかりと目にしていた。だが、氏の素晴らしい身体能力のすべてに、心の底では感嘆の念にも似たなにかを感じるのは、それだけが理由ではなかった。クナーク氏のあの落ち着いた迷いのない目はどうだ！　ものごとの奥深く、その複雑で悲しい本質が露《あらわ》になるところまでは見通せない目。自分が褐色で美しいこと以外には、なにひとつ知らない目。けれどだからこそ、クナーク氏の態度はあれほど誇り高いのだ！　そう、愚かでなければ、あんなふうに歩くことなどできはしない。そして、あんなふうであれば愛すべき人になり、愛されるようになるのだ。インゲ――金髪のかわいらしいインゲ――がクナーク氏をあんなふうに見つめるのも、トニオにはよく理解できた。だが、自分をあんなふうに見つめてくれる女の子は、決して現れないのだろうか？

5　ポーランドの民族舞踊および舞曲。ショパンが多く作曲した。

ところが、現れたのである。その子はマクダレーナ・フェアメーレンという名で、フェアメーレン弁護士の娘だった。柔らかな口もとと、真摯さと陶酔をたたえた黒く輝く大きな瞳。ダンスの最中にはよく転ぶ。だが、女性が男性をダンスに誘う番になると、トニオのところへやってくる。マクダレーナはトニオが詩を書くことを知っていて、これまでに二度、見せてほしいと頼んできたことがある。そして、よくトニオのことを、遠くからうつむき加減で見つめている。だが、それがなんだというのだろう？　トニオが愛しているのはインゲ・ホルムだ。金髪の、朗らかなインゲ。トニオが詩など書いていることを、きっと軽蔑しているに違いないインゲ……トニオはインゲを見つめた。幸福と嘲笑をいっぱいにたたえた、細く青い目を。そして、羨望の混じった憧れが、トニオの胸のなかで燃えた。インゲの目に自分は映っておらず、インゲにとって自分は永遠に理解できない異質な人間であり続けるのだと思うと押し寄せる苦い痛みが。

「最初のカップルは前へ《アナヴァン》」[6] クナーク氏が言った。言葉ではなんとも描写しがたい、見事な鼻音だ。カドリーユの練習が始まるのだ。トニオ・クレーガーは、インゲ・ホルムがいる四組のなかに自分も入ってしまったことを知って、心の底から恐れおののいた。できる限りインゲを避けたが、それでも絶えず接近することになった。インゲを見ることを自分の目に禁じたが、それでも視線は絶えず彼女にぶつかる……ついにインゲが、赤毛のフェルディナント・マティーセンに手を取られて、滑るような足取りで近づいてくると、お下げ髪を後ろへ払い、深く息をつきながら、トニオの目の前に立った。ピアノ奏者のハインツェルマン氏が骨ばった手で鍵盤を叩《たた》き、クナーク氏の号令のもと、カドリーユが始まった。

インゲがトニオの目の前を行ったり来たりする。前へ、後ろへ、ステップを踏み、回転する。インゲの髪からだろうか、それともドレスの白く柔らかな生地からだろうか、立ち上る香りが、ときにトニオの鼻をくすぐり、トニオの目はどんどんかすんでいった。

愛してるよ、素敵なかわいいインゲ。トニオは心のなかでそう言った。インゲは熱

---

6 四組がスクエアになって踊るダンス。

心に、朗らかにレッスンに取り組んでいて、トニオのことなどまったく眼中にない。心の痛みのありったけを、トニオはその言葉にこめた。シュトルム[7]の素晴らしい詩の一節が頭に浮かんだ。「僕は眠りたい、けれど君は踊らずにいられない」。この詩に表された、恋をしていながら踊らねばならないという屈辱的な不条理が、トニオを苦しめた。

「最初のカップルは前へ！《アナヴァン》」クナーク氏が言った。新しい曲が始まったのだ。「挨拶して！《コンプリマン》　ご婦人はムリネを！《ムリネ・デ・ダーム》　手と手を合わせて回る《トゥール・ドゥ・マン》」フランス語では、deは「デ」ではなく「ドゥ」だ。クナーク氏は、発音されないeの文字を、なんとも華麗に呑み込んでみせた。

「二組目、アナヴァン！」トニオ・クレーガーと相手のご婦人の番だ。「コンプリマン！」の合図で、トニオ・クレーガーは腰を折った。「ムリネ・デ・ダーム！」ここでトニオ・クレーガーは、うつむき、目元を陰らせたまま、四人のご婦人が重ねた手に――インゲ・ホルムの手もそのなかにある――自分の手を乗せて、「ムリネ」を踊ってしまった。

あたりから、忍び笑いのみならず、あからさまな笑い声までもが上がった。クナーク氏が驚愕《きょうがく》の様式的表現であるバレエのポーズをとった。「ああ、なんと！」と氏は叫んだ。「やめ、やめ！ クレーガーがご婦人方のなかに入ってしまった！ 下がって《アナリエール》、クレーガー嬢、下がって、まったく《フィ・ドンク》！ 皆がちゃんと理解しているというのに、君だけですよ。さあ！ 急いで！ さっさと下がって！」そう言うと、クナーク氏は黄色い絹のハンカチを取り出し、それを振ってトニオ・クレーガーをもとの場所へと追い払った。

誰もが笑った。少年も、少女も、カーテンの向こうのご婦人方も。クナーク氏がトニオの失敗をひどく滑稽に演出して見せたせいで、皆がまるで劇場にいるかのように楽しんだ。ただひとり、ハインツェルマン氏だけが、無味乾燥な職業用の顔のままで、演奏の続きを促す合図を待っていた。クナーク氏の演出には慣れっこなのだ。

7 テオドール・シュトルム（一八一七—一八八八）。ドイツ語圏文学における詩的リアリズムの代表的作家。代表作に『みずうみ』など。

やがてカドリーユは再開した。そして休憩時間になった。小間使いがワインゼリーのグラスを盆にぎっしり載せて、カチャカチャと音を立てながら入ってきた。さらに料理女が山盛りのプラムケーキを持って後に続く。だがトニオ・クレーガーはこっそりその場を抜け出して、誰にも見られないように廊下へ出ると、両手を背中で組んで、ブラインドを下ろした窓の前に立った。ブラインドのせいで窓の向こうなどまったく見えず、つまりこんなところに立って外を眺めるふりをしても馬鹿げて見えるだけだということなど、考えてもみなかった。

実際、トニオが見つめていたのは、自身の内面だった。悲嘆と憧憬にあふれた心の内だ。いったいどうして、どうして自分はここにいるのだろう？　どうして自分の部屋の窓辺に座って、シュトルムの『みずうみ』を読んでいないのだろう？　古い胡桃《くるみ》の木の枝が重たげにしなる夜の庭にときおり視線をさまよわせながら。あそここそが、自分のいるべき場所だというのに。ほかの者たちは踊ればいい。はつらつと器用に、夢中で踊ればいい！　……いや、ちがう、自分の居場所はやはりここ、インゲの近くにいられるこの場所なのだ。たとえ、離れたところに孤独にたたずみ、広間から聞こえてくるざわめきやグラスの触れ合う音や笑い声のなかから、温かな生命の響きを持つインゲの声を聞き分けようとしているだけであっても。君の青くて切れ長の、笑みをたたえた目。ああ、金髪のインゲ！　君のように美しく朗らかでいられるのは、『みずうみ』など読んだりせず、ましてや自分で『みずうみ』のような小説を書こうなどとは決して考えない者だけだ――悲しいのはそこだ！

インゲ、ここに来てくれ！　僕がいなくなったことに気づいて、僕がどんな気持ちでいるかを感じ取って、たとえただの同情からだとしても、こっそりと後を追ってきて、僕の肩に手を置いて、言ってくれ――私たちのところに戻っていらっしゃいよ。元気を出して、私、あなたを愛してるのよ。トニオは背後に耳を澄まし、我ながら非論理的だと思いながらも、インゲが来てくれるのではないかと、期待に胸を膨らませて待った。だがもちろんインゲは来なかった。この地上では、そういったことは起こらないのだ。

インゲもやっぱり、ほかの皆と同じように、僕のことを笑ったんだろうか？　そう、笑ったんだろう。インゲのためにも僕自身のためにも、否定したいのはやまやまであっても。でも、僕が「ムリネ・デ・ダーム」を踊ってしまったのは、ただインゲがそばにいることばかり考えて、周りが見えなくなっていたからじゃないか。だいたい、それがなんだっていうんだ？　いい加減に、笑うのはやめてくれ！　つい最近、ある雑誌が僕の詩の一篇を採用してくれたじゃないか？　まあ、掲載される前に、雑誌は廃刊になってしまったけど。いずれにせよ、僕が有名になる日は来る。書くものすべてが活字になる日が。そうなったときに、インゲ・ホルムが僕に感心するかどうか、見ものじゃないか……いや、感心なんかしないだろう。そうなんだ。転んでばかりいるあのマクダレーナ・フェアメーレンなら、きっと感心してくれる。そう、あの子なら。でもインゲ・ホルムは違う。あの青い目の、朗らかなインゲは。だとしたら、有名になったところでなんだっていうんだろう？

そう考えて、トニオ・クレーガーの心臓は、締め付けられるように痛んだ。自分のなかにこれほど素晴らしい、軽妙であると同時に陰鬱な力がたぎっていることを感じていながら、自分が憧れている人たちは、そんな力を目の当たりにしても、無頓着に無視するだけだとわかっているのは、辛《つら》いことだ。だが、孤独に、人の輪から締め出されて、希望もなく、下りたブラインドの前に立って、胸の痛みを抱えたまま、まるで外が見えるかのようにふるまっていてさえ、トニオはやはり幸せだった。なぜなら、この当時トニオの心は生きていたからだ。トニオの心臓は温かく、悲しく、インゲボルク・ホルム、君のために鼓動していた。そしてトニオの魂は、自己否定に恍惚《こうこつ》としながら、君という金髪で、明るい、高慢で凡庸でちっぽけな人間を抱きしめていたのだ。[8]

一度ならず、トニオは顔を紅潮させて、音楽も花の香りもグラスの触れ合う音もかすかにしか届かない孤独な場所にたたずみ、遠くの華やかなざわめきから、インゲのよく響く声を聞き分けようとしたものだった。インゲへの想いに心を痛め、それでも幸せだった。また、転んでばかりいるマクダレーナ・フェアメーレンとは話ができるという事実に、傷ついたことも一度ではなかった。マクダレーナがトニオを理解し、

---

8 「トニオの心臓は温かく……」から、著者が作中に顔を出してインゲボルクに語りかける体裁となっている。

トニオとともに笑い、トニオのことを真摯に受け止めてくれる一方、金髪のインゲは、たとえ隣に座ることがあっても、遠くて異質な存在で、トニオのことをいぶかしく思っているように見えた。なんといっても、トニオの言葉はインゲの言葉とは違っていたからだ。だがそれでも、トニオは幸せだった。なぜなら幸せとは——と、トニオは自分に言い聞かせた——愛されることではないからだ。愛されることは、吐き気がするような虚栄心の満足にすぎない。幸せとは愛することであり、さらに、たとえ錯覚でも、愛する対象にわずかなりとも近づく一瞬のことではないだろうか。トニオは、こうした思索を心のなかに書き留め、しっかりと考え抜き、底の底まで味わいつくした。

忠誠！　とトニオ・クレーガーは思った。僕は忠誠を貫きたい、そして君を愛したいんだ、インゲボルク、生きている限り！　トニオにはそこまでの善意があった。それでも、心のなかでは、かすかな恐れと悲しみが、こうささやきかけるのだった。お前は毎日のように顔を合わせるハンス・ハンゼンのことだって、すっかり忘れてしまったではないか、と。そして、醜く惨めなことに、結局はこのかすかな、少しばかり悪意ある声の言うとおりになった。時は過ぎ、トニオ・クレーガーは、もはやかつてのように、朗らかなインゲのためなら死んでもいいとまで決然と言い切ることはできなくなったのだ。それは、自分なりのやりかたでたくさんの重要な仕事を世に問いたいという意欲と力を、己のなかに感じるようになったからだった。

それでもトニオは、純粋で穢《けが》れのない愛の炎が燃えさかる生贄《いけにえ》の祭壇の周りを足音を殺して歩き、その前にひざまずいて、あらゆる方法でその炎をかきたて、育んだ。忠誠を貫きたかったからだ。だが、いつの間にか気づかぬうちに、人目も引かず、音も立てずに、その炎は消えていたのだった。

それでもトニオ・クレーガーはしばらく、忠誠を貫くことがこの地上では不可能であることに大きな驚きと失望を感じながら、冷たくなった祭壇の前に立ち尽くしていた。それから肩をすくめると、己の道を行ったのだった。

3

　トニオが行ったのは、行くしかない道だった。少しばかりぶらぶらと不規則な足取りで、ぼんやりと口笛を吹き、首をかしげて遠くを見つめながら。迷うこともあったが、それは、ある種の人間にとってはそもそも正しい道など存在しないからだった。いったいお前はなにになるつもりなのかと訊《き》かれると、トニオは毎回異なる答えを返した。というのも、自分はどんな存在にもなれる可能性を内に宿しているというのが、トニオの決まり文句だったからだ（それに、すでにそう書き留めてもいた）。とはいえ、結局のところはそのどれになるのも不可能なのだと、ひそかに自覚してもいた。

　故郷の狭い町に別れを告げるより前から、トニオを町に結び付けていた糸は、静かにほどけていったのだった。由緒あるクレーガー家は、徐々にひび割れ、瓦解《がかい》していった。世間が、トニオ・クレーガーという独特の存在をも一家の没落のひとつのしるしだと見なしたのも、無理のないことだった。一族の長だった父方の祖母が亡くなり、それからいくらもたたないうちに、背が高く、思索的で、身だしなみに気を配り、ボタン穴にいつも野の花を挿していた父もまた、あとを追った。クレーガー家の広壮な屋敷は、その高貴な歴史とともに売りに出され、会社は消滅した。だが、トニオの母——美しく、炎のような気性で、グランドピアノとマンドリンを素晴らしく演奏し、どんなこともまったく気にかけない母——は、喪が明けると再び結婚した。それも音楽家と。イタリアの名前を持つその巨匠とともに、母は青空の広がる遠い国へと去っていった。トニオ・クレーガーは、そんな母を少しばかりふしだらだと感じた。だが、それを止める資格が、この自分にあるだろうか？　詩など書き、いったいなにになりたいのかという問いにさえまともに答えられない自分に？

そしてトニオは、切妻屋根の隙間を湿った風が音を立てて吹き抜ける、曲がり角ばかりが続く故郷の町を後にした。少年時代をともに過ごした噴水と、庭の古い胡桃《くるみ》の木をあとにし、あれほど愛した海をも後にしたが、なんの痛みも覚えなかった。なぜならトニオはすでに成長し、賢明で、いまでは自分がどんな人間かを理解しており、あまりにも長いあいだどっぷりと浸《つ》かってきた粗野で低俗な生活には嘲りの思いしかなかったからだ。

トニオは、この地上でもっとも高尚だと思える力に、全身全霊をゆだねた。その力に奉仕することが自分の使命だと感じたし、力のほうでもトニオに高みと栄誉とを約束してくれた。それは、表現手段を持たない無自覚な生の上に微笑《ほほえ》みながら君臨する、精神と言葉の力だった。トニオは若い情熱でその力に身を捧《ささ》げた。そして力のほうは、与えることのできるすべてでトニオに報いると同時に、その代償として取り上げるべきものはすべて、トニオから容赦なく取り上げた。

その力はトニオの視線を研ぎ澄まし、人の胸をむなしく膨らませる壮大な言葉を見抜く目を与えた。人々の魂とトニオ自身の魂への門を開き、ものごとを見通す能力を与え、世界の内奥と、言葉や行動の背後にある究極のものをすべて見せてくれた。だが、そうしてトニオが見たものといえば、滑稽なもの、惨めなもの——ただ滑稽なものと惨めなものばかりだった。

それらを認識したせいでトニオは苦しみ、同時に高慢にもなった。そしてやってきたのは孤独だった。なぜなら、陽気で無知蒙昧《むちもうまい》で人畜無害な人々の輪のなかにいるのは耐え難かったし、彼らのほうでも、トニオの額の烙印《らくいん》に不審の念を抱いたからだ。だが同時に、言葉と表現形式に対する歓《よろこ》びは、ますます甘美になっていった。というのも、魂に対する知をただ深めるだけでは、我々は間違いなく憂鬱に沈んでしまうだろうから。知ったことを表現する歓びがあるからこそ、明朗快活でいられるのだ。トニオはそう言うのが常だった（そして、すでにそう書き留めてもいた）。

トニオはいくつもの大都市や、南国で暮らした。南の太陽が自分の芸術を豊かに実らせてくれると考えたのだ。もしかしたら、トニオを南に惹きつけたのは、母の血だったかもしれない。だが、心は死んでおり、愛もなかったので、トニオはやがて放《ほう》埒《らつ》な肉体的情事にはまりこみ、官能と灼熱《しゃくねつ》の罪に堕《お》ちて、言語に絶する苦しみを味わった。もしかしたら、堕ちた地の底でトニオがあれほど苦しんだのは、父――背が高く、思索的で、身だしなみに気を遣い、ボタン穴に野の花を挿した紳士――から受け継いだ資質のせいだったかもしれない。その資質がときに、魂の歓びに対するかすかな、憧憬に満ちた記憶を呼び起こした。それは、かつてはトニオ自身のものだったのに、肉欲に溺れて見失ってしまった歓びだった。

官能に対する嫌悪と憎しみ、そして清純と穏やかな心境への渇望が、トニオをとらえた。だが一方で、トニオはやはり芸術の空気を吸っているのだった。ひそやかな創造の愉楽のなかであらゆるものがうごめき、沸きたち、芽吹く、甘い香りに満ちた生暖かな常春の空気を。それゆえトニオは、氷のように冷徹な精神性と、あらゆるものをむさぼりつくす官能の炎という両極端のあいだをふらふらと揺れ動きながら、良心の葛藤にさいなまれつつ、わが身を蝕《むしば》む生活を送るしかなかった。それはたとえようもなく放埓な、常軌を逸した生活で、トニオ・クレーガーは根本ではそれを忌み嫌っていた。なんという迷路だろう！　と時にトニオは思った。いったいどうして、こんな奇妙な冒険に踏み込んでしまったのだろう？　僕は緑の馬車に乗ったジプシーなんかじゃないのに。きちんとした家の……。

だが、健康状態が悪化すればするほど、トニオの芸術的感性は研ぎ澄まされ、月並みなものには満足できなくなった。好みにうるさく、ぜいたくに、繊細になり、通俗的なものには反発し、美的感覚や趣味にはこれ以上なく敏感になった。作家として世に出たときには、文学界に拍手喝采で迎えられた。トニオが発表したのは、ユーモアをたたえ、苦しみへの理解にあふれる優れた作品だったからだ。すぐにトニオ・クレーガーという名前――かつて教師たちが叱責のために呼んだ名前、胡桃の木と噴水と海に寄せた初めての詩に添えた署名と同じ名前、南の響きと北の響きとが一体となった名前、かすかな異国情緒を持ちながらも市民的な名前――は、卓越した芸術の代名詞となった。なにしろ、トニオの味わった深い痛みの経験は、名誉心に裏付けられた、まれにみる勤勉な粘り強さと一体になっていたからだ。その粘り強さが、趣味に関する気難しく鋭敏な感覚と戦いながら、激しい苦しみのもと、並外れた作品を生み出すのだった。

トニオの仕事への取り組み方は、生きるために仕事をする人間のそれではなく、仕事をする以外にはなにも望まない人間のそれだった。なぜならトニオは、生きた人間としての自分は何者でもないと見なしていたからだ。そして、ただ創造者とのみ見なされることを願い、それ以外では灰色の目立たない存在だった。まるで、演技をしていない限りは何者でもない、舞台化粧を落とした俳優のように。トニオは寡黙に、孤独に、ひっそりと仕事を続けた。そして、才能を社交の道具と見なすような卑小な人間を、深く軽蔑していた。彼らのなかには、貧しい者もいれば、豊かな者もいる。粗野でみすぼらしい恰好《かっこう》でうろつく者もいれば、個性的なネクタイに贅をこらす者もいる。だがその誰もが、なによりもまずは幸福で愛すべき人生を送ることを望みながら、なおかつ芸術家としても生きたいと考えている。彼らは知らないのだ――良き作品は悪しき人生の重荷のもとでしか生まれないことを。充実した生を生きる者には創造などできないことを。そして、全身全霊で創造者たらんとする者は、死者でなければならないことを。

4

「お邪魔かな?」トニオ・クレーガーはアトリエの戸口でそう尋ねた。帽子を手に持ち、軽くお辞儀さえしてみせる。なんでも話せる女友達リザヴェータ・イヴァノヴナが相手だというのに。

「どうぞどうぞ、トニオ・クレーガー。堅苦しいことは抜きで、入っていらっしゃいよ!」彼女らしい弾むような抑揚でリザヴェータが答えた。「あなたが育ちのいい、礼儀作法を心得た人だってことは、ちゃんと知ってるんだから」そう言いながら、リザヴェータはパレットを持った左手に絵筆を移し、空いた右手をトニオに差し出して、あきれたように首をふりつつ、笑ってトニオの顔を見つめた。

「うん、でも仕事中みたいだから」とトニオは言った。「見せてくれよ……おっ、はかどったね」そう言いながら、イーゼルの左右の椅子に立てかけてある彩色済みのスケッチと、網目のように線が引かれた大きなカンバスとを交互に見比べる。カンバス上では、雑然としたおぼろげな木炭デッサンに、最初の絵の具が置かれ始めていた。

そこはミュンヘンのシェリング通りの裏手にある建物の、階段をいくつも上ったところにある部屋だった。北向きの大きな窓の向こうには青空が広がり、鳥がさえずり、陽光が溢《あふ》れている。開いた通気口から吹き込んでくる若々しく甘い春の息吹が、広いアトリエを満たす定着剤と油絵の具の匂いに混ざり合う。明るい午後の黄金の光は、なにものにも遮られることなく殺風景なアトリエいっぱいに広がり、すべてを無遠慮に照らし出している。少しばかり傷んだ床、窓の下に置かれた、瓶やチューブや絵筆が山積みになった荒材の机、むき出しの石壁に立てかけられた、額装を施していない習作、ドアの近くに置かれた、破れ目だらけの絹張りの衝立《ついたて》。衝立の向こうは、趣味のよい家具を配置した小さな居間兼くつろぎの空間になっている。イーゼルに架けられた描きかけの作品と、その前に立つ画家リザヴェータと、詩人トニオも、やはり陽光に照らされていた。

リザヴェータの歳はトニオと同じくらい、つまり三十歳を少し越したといったところだ。絵の具の染みが飛び散った紺色の上っ張りを着て、小さな腰掛けに座り、頰杖《ほおづえ》をついている。かっちりとまとめた褐色の髪は、脇がすでに白くなりかけている。分け目からかすかに波打つ巻き毛がこめかみを覆い、どこまでも好感のもてる顔を縁取っている。丸い鼻、鋭く秀《ひい》でた頰骨、黒く輝く小さな瞳が、浅黒くスラブ人らしい輪郭に収まっている。神経を張り詰め、疑い深く、ほとんど怒ってでもいるかのように、リザヴェータは目をすがめて自身の仕事の成果を横から点検していた。

トニオはリザヴェータの隣に立ち、右手を腰に当てて、左手でせわしなく褐色の口《くち》髭《ひげ》をひねっていた。傾いた眉を陰鬱なようすでしきりに動かしながら、いつものように小さく口笛を吹いている。身だしなみは念入りで、落ち着いた灰色の、控えめな仕立てのスーツを着ている。だが、簡素に品良く整えられた暗褐色の髪の下で休みなく働き続ける頭脳のせいか、額は神経質にぴくぴく動いている。南国風の顔にはすでに硬い鉄筆でえぐったかのような皺《しわ》があり、表情は鋭い。とはいえ、口元は穏やかで、顎の線も柔らかだ。しばらくすると、トニオは手で額と目元をなで、顔をそむけた。

「来るべきじゃなかったな」と言う。

「どうして？　トニオ・クレーガー」

「たったいま仕事を中断して、机を離れたところなんだよ、リザヴェータ。だから頭のなかは、このカンバスとまったく同じ状態さ。訂正だらけで汚れたあいまいな下書きに、ちょっとだけ色がついたところだ。それなのに、ここに来てみたら、そっくり同じものを目にするなんて。おまけに、葛藤と矛盾まで」とトニオは言って、空気の匂いをかいだ。「家でさんざん苦しめられたっていうのに。不思議なものだね。ひとつの考えにとりつかれると、どこにいてもそれに出会う気がする。風のなかにその匂いさえ嗅げるくらいだ。定着剤と春の香り、そうだろう？　芸術と――そうだな、もう一方はなんだろう？　『自然』だなんて言わないでくれよ、リザヴェータ、『自然』なんて言葉じゃとても言い尽くせない。まったくもう、散歩に行ったほうがよかったな。もっとも、散歩をしたからって、ここに来るより気分がよくなったかどうかは疑問だけど。ほんの五分前に、ついそこで同業者に会ったんだよ。アーダルベルトさ、小説家の。『春なんて呪われちまえ！』って、あの攻撃的な口調で言ってたよ。『いまも、これからも、一年で一番おぞましい季節だ！』ってさ。クレーガー、君は理性的な思索ができるかい、落ち着いて作品の山場や効果を作り出したりといった仕事が、ほんの少しでもできるかい？　怪しく血が騒いで、場違いな感覚ばかりがわいてきて落ち着かないこんなときに。それなのにそんな感覚なんて、よくよく見てみればまったくありふれた、無用の長物だってわかる。だからどうするかというと、これからカフェに行くところだ。カフェこそは、季節の移り変わりに影響を受けない中立的な場所だからな。なあ、カフェっていうのはいわば、現実離れした崇高な、文学的領域だ。カフェでなら、着想もより高尚になるってわけだ……とかなんとか言って、アーダルベルトはカフェに行ったよ。僕も一緒に行けばよかったかも」

リザヴェータは面白がっていた。

「なかなかいいじゃない、トニオ・クレーガー。その『怪しく血が騒ぐ』っていうのがいいわ。それに、ある意味ではアーダルベルトの言うとおりよ。だって、春っていうのは実際、仕事をするのにうってつけの季節とは言えないから。でも、いい、よく聞いて。それでも私はこれから、その細かい仕事ってやつをするつもり。アーダルベルトが山場や効果って呼ぶやつをね。それが終わったら〈客間〉に行って、お茶を飲みましょう。そこで思いの丈を全部吐き出したらいいわ。だって、今日のあなたは、見るからに鬱憤がたまってるもの。とにかくそれまでは、どこかにおとなしく座っていて。たとえばあそこの箱の上とか。まあ、その高級なお召し物が心配じゃなければだけど……」

「まったく、僕の服のことはほっといてくれよ、リザヴェータ・イヴァノヴナ！　ぼろぼろのビロードの上着とか、赤い絹のヴェストなんかを着てうろうろしろっていうのかい？　芸術家っていうのはいつだって、中身はいかさま師なんだから。外面くらいは、いい服を着て取り繕わないとね、まったく。それに、品行方正に振る舞わないと……いや、別に鬱憤がたまってるわけじゃないよ」トニオはそう言いながら、リザヴェータがパレットの上で絵の具を混ぜるのを見つめた。「僕の心に引っかかっていて、仕事の邪魔をしているのは、たったひとつの葛藤と矛盾だってことは、さっきも言っただろう……ええと、なんの話だったっけ？　アーダルベルトだ、小説家の。あいつがどれほど誇り高い、しっかりした男かってことだ。『春なんて一番おぞましい季節だ』なんて言って、カフェに行っちまった。人は自分がなにを望むのか、はっきり把握してなきゃならない、そうだろう？　いや、僕だって春には神経質になるよ。春っていう季節が呼び起こす思い出や感覚の魅力的な通俗性に、僕だって混乱するんだよ。ただ、だからって春のことを罵ったり、軽蔑したりする勇気は僕にはないな。だって、実のところ、僕は春の前で自分を恥じているんだから。春の持つ純粋な素朴さと、堂々たる若さにさ。だから、そういうことをなにひとつわかっていないアーダルベルトを羨むべきなのか、軽蔑するべきなのかわからないよ……。

春には仕事がはかどらない、確かにそのとおりだ。でもそれはどうしてだと思う？　敏感になるからだよ。創造者は敏感であってもいいなんて信じる奴がいたら、うぶもいいところだ。本物のまともな芸術家なら誰でも、そんなうさんくさい思い違いの素朴さに、微笑《ほほえ》むしかない——苦笑かもしれないけど、とにかく微笑むだろうな。だって、人が口に出す言葉なんて、決して肝心なものじゃなくて、それ自体はどうでもいいんだから。単なる材料だよ。そこから芸術家が優れた才能を発揮して、戯れるように軽やかに、芸術作品を創り出すんだ。芸術家が、なにを言うかに重きを置きすぎて、あんまり思い入れを持ちすぎたりすれば、どうしようもない大惨事になるのは間違いないね。そういうとき、人はもったいぶって感傷的になるからね。そして、どこか鈍重で、ぎこちなくて変にまじめで、抑制も皮肉もきいていない、味気なくて、退屈で、通俗的なものを生み出すことになる。その結果得られるものといったら、世間の人たちの無関心と、芸術家自身の失望と嘆きだけ……だって結局はね、リザヴェータ、感情っていうのは——温かな、心底からの感情っていうのは——常に通俗的で、使いものにならないんだから。芸術を生み出すのはね、我々芸術家の腐りきった不自然な神経が感じる、苛立《いらだ》ちと冷たいエクスタシーだけなんだよ。人間的なものを演じたり、もてあそんだり、効果的に美的に表現したりするためには——いや、そもそもそんなことをしようと考えるためには——どこか人間以外の存在、非人間的な存在でいることが必要なんだ。人間的なものには奇妙に距離を置いて、無関心でいなくちゃならないんだよ。そもそも様式や形式や表現の才能というものは、人間的なものに対するそういう冷たくて気難しい関係を前提としているんだ。そう、つまり、芸術家はある意味貧弱で荒廃した人間でなくちゃならない。だって、健康的な強い感情は、美的じゃないからね。芸術家っていうのは、自身が人間になってしまったら、そして感じることを始めたら、そこで終わりさ。それをアーダルベルトはよくわかってた。だからこそ、カフェに行ったんだ。あいつの言葉を借りれば『現実離れした場所』へね。そういうことだ！」

「いいから、アーダルベルトのことは放っておきなさいよ、相棒《バトゥーシュカ》9」リザヴェータはそう言って、ブリキのたらいで手を洗った。「あなたがアーダルベルトについていく必要はないんだから」

「ああ、リザヴェータ、ついてなんかいかないよ。その理由はたったひとつ、僕にはときどき、春の前で自分の芸術家としての生き方を少しばかり恥じるだけの奥ゆかしさがあるからさ。ねえ、ときおり、知らない人から手紙をもらうんだ。僕の作品を読んでくれた人たちからの、賞賛と感謝の手紙をね。心を打たれた人たちからの、感嘆の手紙だよ。そういう手紙を読んで、僕の芸術が呼び覚ました、ぎこちないながらも

9　ロシア語で、友人に呼びかける古い言葉。直訳は「おやじさん」「おじさん」。

温かな、人間らしい感情を目の当たりにすると、感動が湧き上がってくる。でもね、そういう手紙の行間からにじみ出る素朴な熱狂には、ある種の同情を覚えるんだ。この手紙を書いた誠実でまじめな人が、もし僕らの仕事の舞台裏を覗《のぞ》くようなことがあったら——そして、まじめで健全で立派な人間は、そもそものを書いたり、演技をしたり、作曲したりはしないんだってことを、この人の無垢《むく》な心が理解したら、いったいどれほど興ざめするだろうと思うと、思わず赤面するよ……とは言っても、僕の才能に対するその人の賛辞は、自分を高めたり、刺激したりするのにありがたく利用させてもらってるんだけどね。賞賛をとことん本気にして、偉大な男のふりをする猿みたいな顔をしてみせることだって……いや、口を挟まないでくれよ、リザヴェータ！　正直言うとね、人間的なものと関わりを持たないくせに、人間的なものを表現するっていう仕事に、死ぬほどうんざりすることもしょっちゅうなんだ……芸術家っていうのは、そもそも男なんだろうか？　それは『女』に訊《き》いてみるべきだな！　僕にはね、我々芸術家っていうのはみんな、あの教皇庁の去勢された歌い手たちと少しばかり同じ運命のもとにあるような気がするんだ……彼らも僕らも、感動的に美しく歌うからね。でも――」

「少しは口を慎みなさい、トニオ・クレーガー。さあ、お茶にしましょう。すぐにお湯が沸くから。それに煙草はここよ。ソプラノで歌うってところで話が止まったんだったわね。さあ、続けて。でもね、言葉には気をつけて。あなたがどれほど誇り高く、情熱をもって自分の天職に身を捧《ささ》げているか、私がもし知らなければ……」

「『天職』はやめてくれ、リザヴェータ・イヴァノヴナ！　文学は天職《ベルーフ》なんかじゃない、呪《フルーフ》いだよ――そこはわかってほしいな。この呪いを実感し始めるのはいつだと思う？　早くからなんだ。恐ろしいほど早くから。本当ならまだ神ともこの世界とも平和に調和して生きるべき時期からなんだ。そんな時期にもう、自分には烙印《らくいん》が押されていると感じ始めるんだよ。自分はほかのごく普通の人たち、まともな人たちとは、どういうわけか違った存在だって。ほかの人間たちと自分とを隔てる皮肉、不信、抵抗、認識、感情の深淵は、どんどん深くなっていく。孤独で、そこから先はもう誰ともわかりあえない。なんていう運命だ！　まあ、そんな運命をひどいと感じるだけの生きた心、情愛の心が残っていればの話だけどね！　どんなに大勢のなかにいても、自分の額に押された烙印を実感する。そしてそれは誰の目にも明らかだと感じる。だからこそ、芸術家としての自覚に火がつくんだ。天才俳優をひとり知ってたんだけどね、人間としては、病的なこだわりがあって、不安定な精神状態と闘っていたな。過敏な自意識と、役がないことが——つまり演技する場がないことが——一緒になって、そんなふうになってしまったんだ。完璧な芸術家だけど、貧弱な人間だった。芸術家——本物の芸術家のことだよ、芸術を生業《なりわい》にしている人間のことじゃなくて、芸術家であるという宿命と業を背負わされた人間だよ——のことは、鋭い目なんか持っていなくたって、群衆のなかから見分けがつくものだよ。ほかから隔離され、居場所がないという思い、人に芸術家だと見分けられ、見つめられているという思い、それに、どこか王侯然としていると同時に自信のないおどおどした態度、そういったものが顔に表れるんだ。平服を着て人ごみのなかを歩く君主の顔にも、似たようなところがあるはずだ。だから、平服なんてなんの役にも立たないんだよ、リザヴェータ！　変装しようが、覆面をしようが、休暇中の外交官補や近衛隊少尉のような恰好《かっこう》をしようが、同じことだ。目を上げて、一言でも言葉を発したとたんに、そこにいるのは人間じゃなくてなにか異質なもの、奇異なもの、ほかとは違うものだと見破られてしまうんだよ……。

だけど、そもそも芸術家とはなんだ？　人間っていうのは怠惰なもので、なかなかものごとを正しく認識しようとしないっていう事実を、これほどはっきりと浮き彫りにする問いはほかにないだろうね。芸術家の影響のもとにある実直な人たちは、謙虚に『それは才能の問題だ』って言うだろう。そして、そういう人たちの善意に満ちた意見では、明朗で高尚な芸術作品には、必ず同じように明朗で高尚な源があるはずだってことになっている。だから、彼らの言う『才能』が、もしかしたらとんでもないもの、うさんくさいものかもしれないなんて、誰も怪しんだりはしないってわけだ……芸術家が傷つきやすいってことはみんな知ってる――そして、良心にやましいところのない、堅固な自意識を持った人たちは、普通そうじゃないってことも、みんな知ってる。わかるかい、リザヴェータ、僕は魂の根底では――精神的な意味でだけど――芸術家っていう類《たぐい》の人間には疑念しか抱いていないんだ。僕の尊敬すべき先祖はみんな、故郷のちっぽけな北の町に暮らしてたけど、どこかのペテン師やうさんくさい芸人が家に訪ねてきたら、やっぱり同じ疑念を抱いただろうな。こんな話があるんだ。銀行家の知人がいるんだけど――老実業家だよ――、小説を書く才能があってね。余暇にこの才能を発揮して、ときには本当に優れた作品を書くんだよ。ところが、この高尚な才能にもかかわらず――あえて『にもかかわらず』と言うんだけどね――この男は、完全に品行方正というわけじゃないんだ。それどころか、重い禁錮刑に服したことがある。それも、じゅうぶんその刑にふさわしい理由でね。そもそも自分の才能に気づいたのは、刑務所に入ったときだったんだ。そして、囚人としての経験が、彼のあらゆる作品の根源的なモチーフになってる。少しばかり大胆な見解ではあるけど、作家になろうと思ったら、一種の刑務所暮らしをする必要があるっていう結論を、この話から導き出せるかもしれないね。でもね、彼の芸術家としての根っこや起源とより密接に絡み合っているのは、刑務所での体験そのものじゃなくて、そもそも彼を刑務所へ送ることになった原因のほうなんじゃないかっていう疑いが、頭をもたげはしないかい？　小説を書く銀行家なんて、確かに稀な存在ではある。そうだろう？　でも、犯罪者ではない、品行方正で堅実な銀行家で、なおかつ小説を書く人間となると——そんな人はいないんだよ……もう、笑ってるな。でも、半分は冗談、半分はまじめに言ってるんだ。芸術家としてのあり方と、それが人に及ぼす作用——これほど悩ましい問題は、世界中のどこにもないね。たとえば、最も典型的で、だからこそ最も影響力のある芸術家の作品を見てごらんよ。『トリスタンとイゾルデ』みたいな病的で非常にあいまいな作品が、若くて健康で、どこまでも普通の感受性を持った人間に及ぼす作用を考えてごらん。高尚で強い人間になったような気がする。温かく誠実な感動を覚えて、自分も『芸術的な』創作をしてみようという刺激を受けるかもしれない……善良な素人《しろうと》ならね！　でも僕たち芸術家の内面風景は、素人が『温かい心』や『誠実な熱狂』なんて言葉から夢想するものとは、根本から違うんだ。芸術家が女性や若者に取り囲まれてちやほやされるのをよく見てきたけど、僕にはそういった芸術家の人間の中身がよくわかってる……芸術家という存在の由来や、それに伴う現象や条件なんかに関しては、これ以上なく奇妙な体験の繰り返しだよ……」

「それはほかの人たちを介した体験でしょう、トニオ・クレーガー——ごめんなさい——それとも、そうとは限らないの？」

トニオは口を閉じた。傾いた眉を寄せて、ぼんやりと口笛を吹く。

「カップをちょうだい、トニオ。濃いお茶じゃないから。それに、煙草をもう一本どうぞ。いまの話だけど、自分でもわかってるんでしょう、必ずしもあなたみたいなものの見方をする必要はないってこと」

「ホレイショ[10]の答えはこうだよ、親愛なるリザヴェータ。『そんなふうに考えるのは、考えすぎというものです』、だったっけ?」

「私が言ってるのはね、ものごとは、別の側面からも同じように正確に見ることができるってことよ、トニオ・クレーガー。私はただの馬鹿な絵描きの女だから、あなたになにか答えてあげられることがあるとしたって、それに、あなたの職業をわずかなりと擁護してあげられるとしたって、なにか新しい論点を持ち出すわけじゃない。ただ、あなたが自分でもよくわかっていることを、思い出させてあげるだけ……いい、たとえばね、文学にはものごとを浄化し、神聖化する効果があるんだとか、激情は認識と言葉によって破壊され、昇華されるんだとか、文学は理解や許しや愛に至る道なんだとか、言葉には救済の力があるんだとか、文学精神は、人間精神の最も高貴な表れなんだとか、文学者は完璧な人間で、聖者なんだとか――そういうふうに考えるのは、正確な思索が足りないってことになるの？」

「君にはそう言う権利があるよ、リザヴェータ・イヴァノヴナ。君の国の作家たちの作品のことを考えればね。尊敬すべきロシア文学っていうのは、君の言う神聖なる文学そのものだからね。実際、僕も君の反論をまったく考慮していないわけじゃないんだ。それどころか、今日の僕の心に引っかかってることがらのひとつだよ……僕を見てくれ。特にはつらつとしてるようには見えないだろう？　少し老けていて、顔つきは厳しくて、疲れて見える、そうじゃないか？　さて、『認識』に話を戻すけど、もともと人がよくて穏やかで親切で、少しばかり感傷的な人間、人の心を洞察する力が鋭すぎるせいであっけなく神経をすり減らして、破滅してしまう、そんな人間を想像してみてくれ。この世界の悲しさに打ち負かされず――どんなに辛《つら》いことでもまっすぐ見つめ、記憶し、記録する。でもそれ以外の点では楽天家でいて、なにより存在っ

10　シェイクスピア『ハムレット』の登場人物。

ていう吐き気がするような虚構に対して、自分のほうが道徳的に優位にあるんだっていう充分な自覚を持って——ああ、もちろん、そうあるべきさ！　それでもときには、表現という悦楽がどれほど大きくても、少しばかりうんざりすることもあるんだ。すべてを理解することは、すべてを許すことなのか？　僕にはわからない。実はね、僕が認識嫌悪って呼んでる状態があるんだよ、リザヴェータ。あるものごとを見通してしまっただけで、もう死ぬほどの嫌悪感を催す（そして、なんとか受け入れてうまくやっていこうなんてまったく思わない）状態のことなんだ——あのデンマーク人、ハムレットの場合と同じだよ。あの典型的な文学的人間の。ハムレットは、この状態をよく知ってた——知るために生まれてきたわけじゃないのに、知ることを運命づけられてしまった、それがどういうことかをね。感情が溢《あふ》れて涙を流しながらも、なおものごとを見きわめ、認識し、記憶し、観察する。けれどそうやって観察したものを、手と手が絡み合い、唇が重なり合う瞬間に——激情に目がくらんで、視線が途切れるその瞬間に——微笑《ほほえ》みながら手放さなきゃならない。忌まわしいじゃないか、リザヴェータ、あんまりだ、腹が立ってしかたないよ……でも、腹を立てたところでどうなる？

もうひとつ、同じように忌まわしいのは、もちろん、あらゆる真理に対して高慢で無関心になり、倦《う》んだシニカルな見方をするようになることだよ。事実、海千山千の才気に満ちた人間の輪ほど、話題のない、救いようのない場所はないだろうな。そこじゃあ、どんな認識も古くさくて退屈なんだから。なんでもいいから、なにか真実を口に出してごらんよ。その真実を知って、自分のものにしたことに、君はある種の若々しい喜びを感じているかもしれない。ところが、君が獲得したそのごく平凡な英知を、文学者ってやつはほんの一瞬鼻で笑っておしまいにするんだ……ああ、リザヴェータ、文学は人を疲労させるよ！　人間の社会では、疑念を抱いて意見を差し控えると、馬鹿だと思われることもあるのは、間違いないだろう。でも実際にはただ高慢で臆病なだけなのに。さあ、ここまでは『認識』についてだ。

一方、『言葉』はどうかっていえば、感覚を救済するよりは、むしろ感覚を氷の上に乗せて麻痺《まひ》させる役割を果たしているんじゃないか？　いや、まじめな話、文学的な言葉は感情をあっけなく表面的に処理してしまう。氷のように冷たい、高慢で腹立たしい話じゃないか。もしも胸がいっぱいになりすぎたり、甘い、または崇高な体験に心をわしづかみにされてどうすればいいかわからなくなったら——一番簡単な解決策は、文学者のところへ行くことだ！　そうすれば、あっという間に片がつくから。文学者は君の体験を分析し、言葉にして、名前をつけ、口に出し、言ってみればその体験に語らせてしまう。そしてすべてを永遠に、用済みのどうでもいいものに変えてしまった挙句に、礼なんかいらないよ、と言うだろう。で、君のほうはというと、気が楽になり、熱も冷め、気持ちもすっきりと家に帰る。そして、いったいあの体験のなにに、ついさっきまであんなに甘く胸をかき乱されていたんだろうって不思議に思うわけだ。なのに君は本当に、そんな冷たくて虚栄心ばかり強いいかさま師の肩をもつっていうのか？　いったん言葉で表したことがらはすでに用済みだっていうのが、文学者の信条なんだよ。世界全体だって、言葉で表現されればもう用済み、救済済み、片がついたってことになる……素晴らしいじゃないか！　まあ、こんなことをしゃべってはいても、僕はニヒリストじゃないんだけどね……」

「ニヒリ——」ちょうどお茶をすくったティースプーンを口元に持っていったところ

だったリザヴェータは、その姿勢のまま硬直した。

「おい……おい……しっかりしてくれよ、リザヴェータ！　僕はニヒリストじゃないって言ってるんだよ。生きた感情に関してはね。ねえ、だいたい文学者っていうのは、わかってないんだよ。語りつくされて『用済み』になった後も人生はまだ続いていくことも、そしてそれを恥じたりしないことも。そうさ、人生ってやつは、文学によっていくら救済されようが、お構いなしにどんどん罪を犯し続けるわけだ――だって、精神の目で見れば、あらゆる行為が罪なんだからね。

さあ、結論にたどりついたよ、リザヴェータ。よく聞いてくれ。僕は人生を愛しているんだ。これは告白だよ。受け取って、しまっておいてくれ。まだ誰にも打ち明けたことがないんだから。僕が人生を憎んでいるとか、恐れているとか、軽蔑しているとか、嫌悪しているとか、そういうことはよく言われてきたし、そう書いたものが活字にさえなってる。そういう意見を聞くのはうれしかったし、自尊心をくすぐられもしたよ。それでも、間違いであることに変わりはない。僕は人生を愛してるんだ……微笑んでいるね、リザヴェータ。どうしてなのかは、わかってるよ。でも頼むから、僕が言うことを文学だなんて思わないでくれ！　チェーザレ・ボルジア[11]や、彼を祭り上げるどこかの酔っ払い哲学[12]と同じにしないでくれ！　チェーザレ・ボルジアなんて、僕にはなんの意味もない。僕はまったく評価していないよ。桁外れのもの、悪魔的なものをどうして理想として崇《あが》めたりしたがるのか、僕には全く理解できない。だって『人生』は、精神や芸術に永遠に対立するものではあるけど、我々のような異常な人間にとって、残虐な偉大さや粗野な美しさの幻影なんかじゃない。つまり、異常なものなんかじゃないんだから。そうじゃなくて、平凡なもの、品行方正なもの、愛すべきものこそが、我々の憧れの領域であり、魅惑的な通俗性をもった人生なんだよ！　親愛なるリザヴェータ、技巧的なもの、エキセントリックなもの、悪魔的なものが究極の憧れだなんて人間は、まだまだ芸術家にはほど遠いよ。無害で素朴で生き生きしたもの、ささやかな友情や献身や親愛の情、人間らしい幸せ、そういったものへの憧れを知らない人間なんてね。密《ひそ》かな、身を焦がすような憧れなんだよ、リザヴェータ。平凡であることの愉楽へのね！

人間の友達！　信じてくれるかい？　人間たちのなかに友達をひとりでも持ってい

たら、僕はそれを誇りに思い、幸せになれるだろうって。でもこれまでのところ僕の友達といったら、悪魔やコボルト[13]、地底の怪物や、見ているばかりで口を開かない幽霊どもばかり――つまり、文学者ばかりなんだよ。

ときどき、どこかのホールの演壇で、僕の話を聞きにきた人たちと向き合うことがあるんだ。そんなとき、聴衆を見回している自分に気づくんだよ。こっそりと聴衆たちをうかがっている自分にね。僕の話を聞きにきたのはどんな人だろう、僕に拍手と感謝を送ってくれるのはどんな人だろう、僕の芸術はこの場でどんな人との理想のめぐり合いをもたらしてくれるんだろう、なんて問いを胸に秘めて……だけどね、リザヴェータ、探しているものは見つからないんだ。見つかるのは、よく知った人たちの群れ、同好の士ってやつばかり。言ってみれば、初期キリスト教徒の集まりみたいな

11 ルネサンス期のフィレンツェの政治家。一四七五―一五〇七。死後、マキャヴェリの『君主論』に描かれ、マキャヴェリズムを体現する人物となった。
12 ニーチェの哲学。
13 ドイツの民間伝承に由来する妖精。人助けをすることもあるが、いたずらもする。

ものだよ。つまり、不器用な身体に繊細な魂を持った人たち、いわば転んでばかりいる人たちだ、わかるだろう。詩っていうもので人生に対する密やかな復讐《ふくしゅう》をしている人たち——常に、苦しむ人、羨望を抱く人、かわいそうな人ばかりなんだよ、リザヴェータ。そして、別の種類の人たち、つまり青い目の、精神なんか必要としない人たちは、決して来ちゃいないんだ！

でも、もしそういう人たちが来たとして、それを喜ぶのも、あまりに悲しい首尾一貫性の欠如じゃないか？　人生を愛していながら、その人生をあらゆる手段で自分のほうへ引き寄せようとするなんて。つまり、繊細さや感傷といった、文学のあらゆる病んだ高貴さのほうへ引き入れようとするなんて、不条理な話じゃないか。この地上における芸術の領域は拡大し、同時に健全で無垢な領域は縮小する。それなら、後者のうちまだ残っている部分は、細心の注意を払って保存するべきだよ。だから、瞬間撮影写真の載った馬の本を読むほうがずっといいなんていう人たちを、詩のほうへ誘い込んだりしちゃだめなんだ！

だって、結局のところ——人生が芸術にうっかり手を染める光景ほど、みっともないものがあるかい？　僕たち芸術家がなによりも徹底的に軽蔑するのは、人生を謳歌《おうか》していながら、機会があればときどきは芸術家になることもできるなんて信じている素人だよ。いや、本当に、この種の軽蔑の感情は、僕の非常に個人的な体験に基づいているんだ。とある良家の人たちの集まりでね、食べたり飲んだりおしゃべりをしたり、和気あいあいとした雰囲気だった。僕も、無害できちんとした人たちのなかに、彼らの一員としていっときでも紛れ込むことができたのがうれしくて、感謝していたんだ。ところが突然（僕も不意打ちを食らったよ）、ひとりの士官が立ち上がってね。美しくてたくましい少尉で、その礼装にふさわしくない行為に及ぶなんて、とても思えなかった。ところが彼は、誤解の余地のない言葉で、僕らの前で自作の詩を朗読させてほしいって頼むんだ。みんな、衝撃を隠しつつ笑顔で許可を与えたよ。そうしたら彼は、本当に実行に移したんだ。それまで上着のなかに隠し持っていた紙切れを取り出して、そこに書き付けた詩を朗読したんだよ。なにか音楽とか愛とかについての詩だったな。まあ、感情はこもっていても、心に響くものはなかった。でも、考えてもみてくれよ、少尉なんだよ！　立派な紳士じゃないか！　詩なんか作る必要は、まったくないじゃないか！　その結果はといえば、案の定さ——しらけた顔、沈黙、少しばかりのわざとらしい拍手、そしてあたりに漂う重苦しくて気まずい雰囲気。そしてね、そのとき僕が最初に自覚したのは、この無思慮な若い男が場にもたらした気まずさの責任は僕にもあるっていう思いだった。だって、その男がしくじったのは僕が職業とすることなんだからね。嘲笑と奇異の視線が僕にも向けられていることに、疑いの余地はなかった。でもね、次に気づいたのは、ついさっきまでその男の存在にこれ以上なく誠実な尊敬の念を抱いていたというのに、その同じ男が、僕の目のなかで突然、どんどん、どんどん沈んでいったことなんだ。僕は同情の混じった優しさにとらわれた。だから、二、三人の温厚で思いやりある紳士たちと同様に、その男に近づいて、声をかけたんだ。『おめでとうございます』って、僕は言ったよ。『少尉殿！なんという素晴らしい才能でしょう！　いや、本当に、とても素敵でしたよ！』もう少しで肩まで叩《たた》いてやるところだったよ。でもね、優しさなんて、少尉ともあろう人間に対して抱くべき感情だろうか？……いや、それもこれも、あの男自身の責任だよ！　その少尉は気まずさでいたたまれないって様子で突っ立ったまま、己の過ちを償っていた――自身の人生っていう代償を払うことなしに、芸術という月桂樹から、たとえたった一枚であろうと葉を摘み取ることができるなどと考えた罪をね。そう、やっぱり僕は、同業者たるあの前科持ちの銀行家のほうに肩入れするな――それにしてもリザヴェータ、今日の僕は、まるでハムレットばりによくしゃべると思わないか？」

「話は終わった？　トニオ・クレーガー」

「いや。でも、もうこれ以上は話さないよ」

「もう充分よ――で、返事を期待してる？」

「返事なんてあるのかい？」

「たぶんね――あなたの話はよく聞かせてもらったわ、トニオ。最初から最後までね。だから、あなたが今日の午後に話したことすべてにふさわしい返事をあげたいの。これは、あなたをそんなふうにひどい不安に陥れた悩みに対する答えでもあるのよ。いい、いくわよ！　その答えっていうのはね、いまそこに座ってるあなたは、単なる一般人だってことよ」

「僕が?」とトニオは訊き、へなへなとくずおれそうになった。

「やっぱりね、こんなことを言われるのは辛《つら》いでしょう。でも、辛くなきゃいけないのよ。でもまあ、だからこそ、判決を少しばかり手加減してあげるわ。それくらいはしてあげてもいい。あなたはね、道を誤った一般人なのよ、トニオ・クレーガー――道に迷った一般人なの」

――沈黙が降りた。やがてトニオは決然と立ち上がると、帽子とステッキをつかんだ。

「感謝するよ、リザヴェータ・イヴァノヴナ。これで心安らかに家へ帰れる。僕は、やっつけられて用済みなんだから」

5

秋になるころ、トニオ・クレーガーはリザヴェータ・イヴァノヴナに言った。

「さて、僕は旅に出るよ、リザヴェータ。新鮮な空気を吸って気持ちを入れ替えないと。ここを去って、遠くへ行くよ」

「あら、相棒、どこへ行くの？　またイタリアへ行幸ってわけ？」

「おいおい、イタリアだなんてやめてくれよ、リザヴェータ！　イタリアなんてどうでもいいんだ。軽蔑しているくらいさ。自分はイタリアにこそふさわしいなんて思い込んでたのは、もうずっと昔の話だよ。芸術とくればイタリアってわけだろう？　ビロードのような青い空、刺激的なワイン、甘い官能……でもはっきり言うと、僕はそういうのが好きじゃない。ごめんこうむるよ。ああいう類《たぐい》の美《ベレッツァ》しさには、とにかく落ち着かない気分になるんだ。それに、獣みたいな黒い目をもった、南国のあの恐ろしいほど生き生きした人間たちにも耐えられないよ。ラテン人の目には、良心ってものがないんだ……いや、僕がちょっと行ってこようと思ってるのは、デンマークだよ」

「デンマーク?」

「うん。きっといい旅になると思うんだ。たまたまこれまで一度も行ったことがなくてね。少年時代はずっと国境の近くで過ごしたっていうのに。それでも、デンマークっていう国のことは前から知っていて、好きだったんだ。きっと僕のこの北国への傾倒は、父譲りなんだろうな。だって僕の母は、どちらかといえばベレッツァ寄りの人だからね。まあ、もともと、どんなことにも無関心ではあるんだけど。それより、北の国で書かれる本を見てごらんよ。ああいう深く、清く、ユーモアに溢《あふ》れた本をね、リザヴェータ——僕にとって、あれほど素晴らしいものはない。僕はああいう文学を愛するんだ。それに、スカンディナヴィアの食事。強い潮風のなかでなかったらとても食べられないような、あのたとえようもない食事(僕がいまでもまだ食べられるかどうかは、ちょっとわからない)。故郷でもああいう食事にも少しはなじみがあるんだけどね。だって、僕の故郷でもああいうものを食べるから。だいたい、名前からして違うだろう。北国の人たちを飾り立てる数々の名前。僕の故郷にも、やっぱり同じような名前があるんだ。たとえば『インゲボルク』なんていう名前の響き。非の打ち所のない詩情をたたえたハープの調べそのものじゃないか。それになにより、海だ——北にはバルト海がある！ ……要するに、一言で言うとね、僕は北へ行くよ、リザヴェータ。もう一度バルト海を見たいんだ。ああいう名前をもう一度耳にしたいんだ。ああいう本を、書かれたその土地で読みたいんだ。それに、クロンボー城のテラスにも立ってみたい。『亡霊』がハムレットのもとに現れて、あの哀れで高貴な若者に悩みと死とをもたらした場所にね……」

「どうやって行くつもりなのか、訊《き》いてもいいかしら？ どんな順路を取るつもりなの？」

「一般的な順路だよ」トニオは肩をすくめてそう言いながら、目に見えて赤くなった。「ああそうさ、僕の——僕の出身地を通るんだよ、リザヴェータ。十三年ぶりだ。きっと相当おかしな気分になるだろうな」

リザヴェータは微笑《ほほえ》んだ。

「それが聞きたかったのよ、トニオ・クレーガー。それじゃあ、気をつけて行ってらっしゃい。私に手紙を書くのも忘れないで。わかった? 旅のいろいろな出来事がたくさん書かれた手紙を期待してるわ——デンマークへの旅のね」

6

こうしてトニオ・クレーガーは北へと向かった。快適な旅だった（というのも、精神的にほかの人たちよりずっと多くの困難を抱える人間は、物理的には少しばかりの快適さを求めることが許されるというのが、トニオの持論だったからだ）。休まずに旅を続け、ついに生まれ育った狭い町の塔が、灰色の空にそびえ立っているのを目にした。その町でのつかの間の滞在は、奇妙な体験となった。

陰鬱な午後の日が暮れかけたころ、狭くて煤《すす》だらけの、不思議なほど馴染《なじ》み深く感じられる駅構内に、列車は滑り込んだ。いまも変わらず、汚れたガラス屋根の下には煙の塊が立ちこめ、そこからちぎれ雲のように切れ切れの細い紐《ひも》となって浮かんでいる。胸に嘲りばかりを抱いてここを発《た》ったあのときのままだ。トニオは荷物をホテルへ送る手配を済ませてから、駅を後にした。

外には、恐ろしいほど丈も幅もある二頭立ての黒い辻馬車《つじばしゃ》が、ずらりと一列に並んでいた！　トニオはそのどれにも乗らなかった。ただじっと見つめただけだった。ほかのすべてのことも、やはり見つめた。急傾斜の切妻屋根と、あたりの家々の上に顔を覗《のぞ》かせる尖塔《せんとう》。周りにいる、間延びした口調ながら早口でしゃべる金髪で無骨な人々。見つめているうちに、思わず神経質な笑いがこみ上げてきた。それは、どこかすすり泣きに似たところのある笑いだった。トニオは徒歩で進んだ。絶え間なく吹きつける湿った風を顔で受け止めながら、欄干に神話の神々の像が立つ橋を渡り、港沿いをゆっくりと歩いた。

なにもかも、なんとちっぽけで狭苦しく見えることか！　切妻屋根の立ち並ぶこのあたりの細い坂道は、以前からずっと、こんなふうに面白いほどの急傾斜で、町の中心へと続いていただろうか？　船の煙突とマストが、黄昏《たそがれ》のなか、風に吹かれて、陰鬱な水面《みなも》に静かに揺れている。あの坂道を──心に思い描くあの家のある、あそこの坂道を──上っていくべきだろうか？　いや、明日にしよう。いまのトニオは、あまりに眠かった。旅の疲れで頭は重く、浮かぶのは緩慢で霧がかかったようにぼんやりした思いばかりだった。

この十三年間、胃を悪くしたときなど、トニオはときおり、自分が再び故郷の坂道に立つあの古くて音の反響する家にいる夢を見ることがあった。父もまた再びそこにいて、トニオの堕落した生き方を厳しく咎《とが》め、トニオはそのたびに、その叱責をしごくもっともだと思うのだった。いま目の前の現実は、この振り払うことのできない混乱した夢の切れ端と、なにひとつ違うところがない。だが夢のなかでは、これは幻なのか、現実なのかと自分に問いかけることができる。切羽詰まってしかたなく、現実なのだと思い込むことにするが、それでも結局は目が覚める……いまトニオは、あまり人気《ひとけ》のない、風の吹きすさぶ通りを歩いている。向かい風にうつむいたまま、夢のなかを漂うように、宿泊するつもりの、町で一番のホテルへと歩を進める。がにまたの男がひとり、先端に火のついた棒を持って、陸に上がったばかりの水夫のように身体を揺らしながら、トニオの前を歩き、ガス灯に火をつけてまわっている。

いったいどうしたというのだろう？　疲労という灰の下で、はっきりと燃え上がる

 こともなく、暗くかすかに光を放ちながら胸を刺すこれはなんだろう？　黙って、黙って。言葉はいらない！　言葉はいらない！　トニオはこのままずっと歩いていたかった。風に吹かれながら、夢のようになつかしい黄昏の小路《こみち》を。だがすべてはあまりにも狭苦しく、立て込んでいて、あっというまに目的地に着いてしまった。

町の山の手にはアーク灯が立ち並んでいて、ちょうど火が入ったところだった。ホテルはそこにあった。玄関前に置かれた二頭の黒い獅子《しし》像を、トニオは子供のころ怖《こわ》がったものだった。いまでも獅子たちは、まるでくしゃみでもしそうな顔で互いに見つめ合っている――だが、あのころよりずっと小さくなったように見える。トニオ・クレーガーは二頭の獅子のあいだを通って、ホテルへと入った。

徒歩で到着したので、それほど仰々しく迎えられることはなかった。ドアマンと、客を出迎えながら小指で絶え間なくカフスを上着の袖のなかに押し戻している、洗練された黒服の紳士とがいた。ふたりはトニオを検分するかのように、頭のてっぺんから足の爪先までじろじろと眺めた。トニオの社会的地位を多少なりともうかがい知ろう、トニオの階級と市民としての立場を見定めよう、そしてどれだけの敬意を払うべきか決めようと努力しているのは明らかだったが、しっくり来る結論には至らなかったらしく、結局ほどほどの丁重さで出迎えることに決めたようだった。ひとりのボーイ――もの静かな男で、焼きたてのパンのような金色の頰髯《ほおひげ》を垂らし、着古しててらてら光る燕尾服《えんびふく》を着て、バラの飾りのついた靴で足音を立てずに歩く――が、トニオを三階にある部屋へ案内してくれた。古風な設《しつら》えの清潔な部屋だった。窓の向こうには、夕暮れの薄明かりのなか、ホテル周辺にある中庭や切妻屋根や風変わりな教会を見晴らす、絵画のような中世風の眺めが広がっていた。トニオ・クレーガーは、しばらくのあいだこの窓の前に立っていた。それから腕組みをして大きなソファに座ると、眉を寄せて、ぼんやりと口笛を吹いた。

明かりが運ばれ、荷物も届いた。同時に、さきほどのもの静かなボーイが、宿泊者記入用紙をテーブルの上に置いていった。そこでトニオ・クレーガーは、首を傾けた姿勢で、そこに名前、職業、出身地といったようなことを書きつけた。それから少しばかりの夕食を注文すると、さきほどまでと同様、ソファの片隅から虚空をぼんやりと見つめ続けた。食事が目の前に並べられてからも、トニオは長いあいだ手をつけず、しばらくしてからようやくわずかに口にし、それからさらに一時間、部屋のなかをうろうろ歩きまわった。ときどき立ち止まっては、目を閉じる。やがてトニオは緩慢な動作で服を脱ぐと、ベッドに入った。そして長いあいだ眠った。支離滅裂ながら妙になつかしい夢を見ながら――。

目が覚めると、部屋は明るい日の光に満たされていた。トニオは混乱し、自分はどこにいるのだろうと考えて慌てたが、すぐに起き上がってカーテンを開けた。すでにやや色あせた晩夏の青空には、風に吹きちぎられた薄い雲の切れ端がびっしりと浮かんでいた。それでも、故郷の町を太陽が照らしていた。

トニオは、いつもよりさらに入念に身づくろいをした。これ以上なく丁寧に身体を洗い、髭《ひげ》を剃《そ》り、さっぱりと清潔な姿になった。まるで、由緒正しい良家を訪問することになっていて、非の打ち所のない立派な印象を与えなくてはならないかのように。服を着ながら、心臓が不安げに鼓動する音に耳を傾けた。

外のなんと明るいことか！　昨日のように、通りに黄昏の薄明かりが広がっているほうが落ち着くのに。これでは、人目にさらされながら、澄んだ陽光を浴びて歩かねばならない。もし知り合いにばったり出会い、呼び止められ、質問され、この十三年間どう過ごしてきたのかを釈明せねばならなくなったら、どうすればいいのだろう？だが幸運なことに、すでにトニオを知る人はいないないし、もし憶《おぼ》えている人がいたとしても、いまの彼をトニオだと見破ることはできないだろう。というのも、この十三年間で、トニオは本当に少しばかり変わったのだ。鏡を注意深く眺めていると、突然、この仮面をつけていれば安心だと感じた。早くも創作で疲れた、実年齢より老けて見えるこの顔ならば……。トニオは朝食を注文し、食べ終えると部屋を出た。ドアマンと洗練された黒服の紳士の値踏みするような視線を浴びながら、ロビーを横切り、二頭の獅子のあいだを通って、外へ出た。

どこへ行こう？　行くあてはない。昨日と同じだった。切妻屋根、小塔、アーケード、噴水などが集まった、この奇妙に威厳と品のある、どこまでもなつかしい風景に再び取り囲まれるやいなや、そして、風——それもはるか昔の遠い夢から苦味を含んだ柔らかな香りを運んでくる強い風——の圧力を再び顔に感じるやいなや、感覚は霧のとばりに覆われた。トニオの顔の筋肉が緩み、人やものを眺める視線は穏やかになった。もしかしたら、あそこ、あの曲がり角で、やはり目が覚めるのではないか……。

どこへ行こう？　なんだか、自分の向かう方向が、昨夜見た悲しい、奇妙に後悔に満ちた夢と関係があるような気がする……。市役所のアーケードを抜けて、マルクト広場へ出た。肉屋が血まみれの手で品物を秤《はかり》に載せている。先端が高く鋭く空へと伸びる重層的なゴシック様式の噴水がある、その広場に面したとある家の前で、トニオは立ち止まった。間口が狭く、簡素で、周囲の家々と同様、通気窓の開いた曲線形の切妻壁を持つその家を、トニオは夢中で見つめた。ドアにかかった表札の名前を読み、しばらくのあいだ、窓のひとつひとつに視線を向けた。それから、ゆっくりとまた歩き出した。

どこへ行こう？　家へ。だがトニオは回り道をして、市門から外へ散歩をした。時間はある。木々の枝をしならせながらうなりを上げて吹き抜ける風のなか、ミューレン土手とホルステン土手を、帽子をしっかりと手で押さえて歩いた。やがて、駅からそう遠くないところで土手を降り、列車が煙を吐きながら、ガタガタと精一杯急いで通り過ぎるのを見つめ、時間つぶしに車両の数を数えて、最後尾の車両の一段高くなった場所に座っている乗務員を見送った。そして、リンデン広場に来ると、そこに立ち並ぶ美しい屋敷の一軒の前で立ち止まり、長いあいだ庭を覗《のぞ》きこみ、窓を見上げ、最後にはふと思い立って、庭の門を揺らし、蝶番《ちょうつがい》をきしませてみた。それからトニオはしばらくのあいだ、錆《さび》がこびりつき、冷たくなった自身の手を見つめた後、また歩き出した。ずんぐりした古い市門をくぐり、港沿いに進んだ後、風の吹きぬける急な坂道を、両親の家へ向かって上った。

その家は、周囲に立ち並ぶ家々よりも背が高く、三百年前から変わらない、灰色の重厚な建物だった。トニオ・クレーガーは、玄関扉の上に書かれた、半ば消えかかった敬虔《けいけん》な文句を読み、ひとつ息をつくと、なかへ入った。

不安で鼓動が速まった。一階にあるいくつものドアの前を通り過ぎながら、いまにもそのどれかから、事務服を着て耳に羽根ペンをはさんだ父が出てきて、トニオを呼び止め、トニオの常軌を逸した生活を厳しく咎《とが》めてくるような気がしたからだ。そして、きっとトニオは父のその叱責を、しごくもっともだと思うだろう。だが実際には、誰にも邪魔されることなくすべてのドアの前を通り過ぎた。風よけ用のドアがきっちりと閉まっていなかった。トニオはそれを非難したくなったが、同時に、浅い夢を見ているような気分にもなった。そういう夢のなかでは、障害は自然に消え去り、不可思議な幸運に恵まれて、邪魔されることなく前に進むことができるものだ。広い廊下には大きな四角い板石が敷き詰められていて、足音がよく響いた。ひっそりした台所の向かい側には、昔と変わらず、驚くほど高いところに、不恰好《ぶかっこう》で奇妙な、だが美しくニスを塗った木造の小部屋が壁から突き出ている。そこは女中部屋で、廊下からはしごのような階段を上らなければたどり着けない。だが、やはり廊下にあった大きな棚や、彫刻を施したチェストは、すでになくなっていた。

この家の息子であるトニオは、広くてがっしりした階段を上っていった。透かし彫りのある、白く塗った木の手すりに手を置き、一段上っては手を離し、次の一段でまたそっと手を置き……まるで、この古く頑丈な手すりとのあいだに、昔のような親しさを取り戻せるかどうか、こわごわと試すかのように。踊り場まで来ると、トニオは立ち止まった。中二階への入り口だ。ドアには白い板が張ってあり、そこには黒い字でこう書いてあった――市民図書館。

市民図書館？　とトニオは思った。市民にしても文学にしても、この家となんらかの関わりがあるとは、とても思えなかった。ドアをノックしてみる……どうぞ、という大きな声に従って、トニオはドアを開けた。そして、緊張し、暗い目で、見る影もなく変わり果てた部屋を見渡した。

中二階には三つの部屋が並んで奥まで続いており、間仕切りのドアは開けっ放しだった。壁という壁には、ほぼ天井まで届く暗い色の棚が置かれており、同じ装幀《そうてい》の本でぎっしりと埋め尽くされている。どの部屋にもカウンターのような机があり、その前に貧相な人間が座って、なにか書いていた。そのうちのふたりは、ただトニオ・クレーガーのほうへ顔を向けただけだったが、一番手前の部屋の男だけは、両手を机について急いで立ち上がると、首を突き出し、唇をすぼめ、眉を上げて、慌ただしくまばたきしながら、訪問者を見つめた……。

「失礼」たくさんの本に視線を向けたまま、トニオ・クレーガーは言った。「私はこの人間ではありません。町の観光に来ました。ええと、ここが市民図書館ですか？

少しばかり蔵書を拝見してもいいでしょうか?」

「どうぞどうぞ!」職員は言って、さらに慌ただしくまばたきをした。「もちろん、どなたでも自由にご覧いただけますよ。ただ見て回るだけでよろしいですか……目録はいかがでしょう?」

「ありがとう」トニオ・クレーガーは答えた。「どこになにがあるかは、すぐにわかります」そう言ってトニオは、本の背に書かれた題名を読むふりをしながら、ゆっくりと壁に沿って歩き始めた。やがて一冊の本を抜き出すと、開いて、そのまま窓際へ行った。

ここはかつて、朝食用の部屋だった。朝はここで食事をとった。上階にある、青い壁紙から白い神々の像が飛び出してきそうに見える広い食堂ではなく。隣の部屋は寝室だった。父方の祖母は、あの部屋で亡くなった。高齢だったが、享楽的、社交的な女性で、生への執着が強かったため、死との闘いは厳しく激しいものだった。後には、父もまた同じ部屋で息を引き取った。背が高く、折り目正しく、少しばかり憂鬱で思索的な、ボタン穴に野の花を挿した紳士……あのとき、トニオは父の死の床の足元に座って、目頭を熱くしながら、口には出さないものの強烈な感情を、愛と痛みとを、全身全霊で誠実に感じていた。そして母もまた、ベッド脇にひざまずいていた。美しく、炎のような気性の母が、身も世もなく熱い涙を流しながら。とはいえ母はその後、南から来た芸術家とともに、青空の広がる遠い国へと去ってしまった……。

さらに、一番奥にある、やはり本で埋め尽くされ、貧相な人間が見張りをしている三つ目の小さな部屋は、長いあいだトニオ自身の部屋だった。学校の後、ちょうどいまのように散歩をしてから戻るのは、あの部屋だった。あそこの壁際には机が置いてあった。引き出しには、初めて書いた、切実ではあってもつたない詩の数々がしまってあった……胡桃《くるみ》の木……刺すような痛みがトニオの全身を貫いた。横目で窓から外を見てみた。庭は荒れ果てていたが、古い胡桃の木はまだもとの場所にあった。風に重たげに枝をしならせながら。トニオ・クレーガーは手に持った本に目を戻した。素晴らしい文芸作品で、よく知っているものだ。黒い文字が一行一行、一節一節と、芸術的な流れを形作るのを追っていく。著者の創造への情熱によって、流れは高みへと上りつめ、そこから効果的に下降し……。

いや、本当にいい仕事だ、とトニオは言って、本を置くと、振り向いた。すると、先ほどの職員がいまだに突っ立っているのが目に入った。仕事熱心と、気遣わしげな不信感とが入り混じった表情で、まばたきをしている。

「拝見したところ、素晴らしい蔵書ですね」トニオ・クレーガーは言った。「だいたいのところはわかりました。本当にありがとうございます。では失礼」そう言って、トニオはドアから外に出た。だが、なんともいかがわしい退場の仕方だ。あの職員がトニオの訪問にすっかり動揺して、あと数分は突っ立ったまま、まばたきを続ける様子が目に浮かぶようだ。

家のなかをこれ以上進む気にはなれなかった。帰省は済ませた。上階の、柱廊広間の奥のいくつもの大きな部屋には、いまは見知らぬ人たちが住んでいる。それは見ればわかる。というのも、階段を上りきった先は、かつてはなかったガラス戸で閉め切られていて、なんらかの名前を書いた表札がかかっているのだ。トニオはきびすを返して階段を下り、靴音の響く廊下を通って、両親の家を後にした。一軒のレストランの片隅で、もの思いに沈みながら、重たくて脂っこい食事をとり、それからホテルに戻った。

「用は済みました」トニオ・クレーガーは、黒服を着た洗練された紳士に言った。「今日の午後に発ちます」それから、勘定書と、港まで行くための馬車を頼んだ。そこから蒸気船でデンマークのコペンハーゲンへ向かうのだ。トニオは部屋へ戻り、机の前に腰を下ろして、片手で頬杖《ほおづえ》をつくと、焦点の定まらない目で机の表面を見下ろしたまま、静かにまっすぐ座っていた。その後、宿泊料金を支払い、荷造りをした。予約した時間に馬車がやってくると、トニオ・クレーガーは旅装を整えて、ロビーへ降りた。

階段の下で、黒服を着た洗練された紳士が待ち受けていた。

「失礼！」と紳士は言って、小指でカフスを袖のなかに押し戻した。「お客様、失礼ですが、ほんの少しお時間をいただけませんでしょうか。ゼーハーゼという者——当ホテルの所有者でございます——が、お客様とほんの二言、三言、お話しさせていただきたいと申しております。ほんの形式的なものですが……ゼーハーゼはあちらの奥におります……私と一緒にご足労いただけないでしょうか……いるのはゼーハーゼだ、けです、当ホテルの所有者の」

そう言って、紳士はトニオ・クレーガーを招き入れるような身振りで、ロビーの奥へと導いた。そこには本当にゼーハーゼ氏がいた。トニオ・クレーガーは昔からこの男を見知っていた。小柄で、肥満体で、がにまた。短く切りそろえた頰髯は白くなっていたが、いまでも昔と同様に前が広く開いた燕尾服の上着を着て、刺繡《ししゅう》をほどこした緑色のビロードの帽子を合わせている。だが、そこにいたのはゼーハーゼ氏ひとりではなかった。彼の隣の、壁に固定された小さな読書台の前に、ヘルメットをかぶった警官がひとり立っていたのだ。手袋をはめた右手を、読書台の上のなにやらぎっしりと書き込みのある紙に置いたまま、トニオ・クレーガーを兵士のように生真《き》面目《じめ》な顔で見つめている。自分の姿を見れば、トニオが消え入りたいほど恥じ入るのは間違いないと、待ち受けているかのような顔だ。

トニオ・クレーガーは、ひとりからもうひとりへと視線を移し、相手の出方を待つことにした。

「ミュンヘンからおいでですか？」ついに警官が、善良そうな鈍重な声で尋ねた。

トニオ・クレーガーは、そうだと答えた。

「コペンハーゲンへ行かれる？」

「はい、デンマークの海水浴場へ行くところです」

「海水浴場？　――では、書類を見せてもらいましょうか」

警官は言った。最後の「見せてもらいましょうか」という言葉には、特別に意地悪げな、得意げな響きがあった。

「書類……」書類など持っていない。トニオは札入れを引っ張り出して、中を覗いてみた。だが、数枚の札のほかには、なにも入っていない。旅の目的地で仕上げようと思っている小説の校正刷りだけだ。トニオは役人と関わり合うのが好きではなく、まだ一度も旅券を申請したことがなかった。

「すみません」トニオは言った。「書類は持っていません」

「持っていない？」警官が言った。「なにも？　――お名前はなんと？」

トニオ・クレーガーは名乗った。

「本当ですか？」警官は背筋を伸ばし、唐突に鼻の穴を大きく広げて、そう訊《き》いた。

「本当です」トニオ・クレーガーは答えた。

「それで、お仕事は？」

トニオ・クレーガーはごくりと唾を飲み込むと、しっかりした声で職業を告げた。――ゼーハーゼ氏が頭を上げ、興味深げにトニオの顔を見上げた。

「ほう！」警官が言った。「ということは、この男と同一人物ではないとおっしゃるんですな。名前は――」警官は「この男」と言った後、紙をぎっしりと埋める書き込みから、非常に複雑でロマンティックな名前を一文字ずつ読み上げた。それは、さまざまな民族の言葉の発音をめちゃくちゃに混ぜ合わせたような名前で、トニオ・クレーガーは耳にした一瞬後にはもう忘れてしまった。「――この男は」警官は続けた。「両親不明、身元不詳、さまざまな詐欺やその他の犯罪でミュンヘン警察から追われていまして、おそらく現在はデンマークへ逃亡する途中だと思われますが、この男と同一人物ではないとおっしゃる？」

「そう申し上げるだけではありません」トニオ・クレーガーはそう言って、肩を神経質に動かした。――それがある種の感銘を呼び起こしたようだった。

「え？　ああ、そうですか、なるほど、もちろん！」警官は言った。「ですが、書類をまったくお持ちでないとなるとねえ！」

ゼーハーゼ氏までが、なだめるように割って入ってきた。

「すべては形式上のことです」ゼーハーゼ氏は言った。「それだけのことですよ！この警官も自分の職務を果たしているだけだということは、わかってやってください。なんとかご身分を証明することはできませんか……書類の一枚でもあれば……」

全員が押し黙った。身元を明かして、この話を終わらせるべきだろうか？　自分は身元不詳の詐欺師などではなく、緑の馬車に乗ったジプシーに生まれついたわけでもなく、クレーガー領事の息子であり、クレーガー家の人間なのだと、ゼーハーゼ氏に打ち明けるべきだろうか？　いや、そうしたいとは思わない。それに、市民社会の秩序を重んずるこのふたりの男の言い分にも、根底では一理あるのではないだろうか？　ある意味、このふたりの言うこともっともだ。そこでトニオは肩をすくめ、黙っていた。

「そこに入っているのはなんです？」警官が言った。「ほら、その札入れのなかの」

「これですか？　なんでもありません。校正刷りです」トニオ・クレーガーは答えた。「校正刷り？　どういうことです？　ちょっと見せてください」

そこでトニオ・クレーガーは、自身の作品を警官に手渡した。警官はそれを読書台に広げると、読み始めた。ゼーハーゼ氏もまた読書台に近づき、一緒になって読み出した。トニオ・クレーガーはふたりの肩越しに覗きこみ、いまどこを読んでいるのかと見つめた。そこはよく書けた場面で、トニオが見事に作り出した山場だった。トニオは自分に満足だった。

「見てください！」と言った。「そこに私の名前があるでしょう。私が書いたものなんです。そしてこれから出版されます。おわかりですか」

「ええ、これで充分です！」ゼーハーゼ氏がきっぱりと言うと、原稿をまとめ、折りたたんで、トニオに返した。「これで充分なはずだ、ペーターゼン！」きっぱりとそう繰り返しながら、ゼーハーゼ氏はそっと目を閉じ、もうやめろと手で合図しつつ首を振った。「これ以上この方をお引き止めするわけにはいかない。馬車が待っている。お客様、少々不愉快な思いをさせてしまい、誠に申し訳ありませんでした。こちらの警官も、ただ職務を遂行したまでです。まあ、私は最初から、捜査の方向が間違っているのと申したのですが……」

それはそれは、とトニオ・クレーガーは思った。

警官のほうは完全には納得していないようで、まだ「この男」「身分証明」などとぶつぶつ言っていた。だがゼーハーゼ氏は何度も謝りながら、客であるトニオを先導して玄関までロビーを戻り、二頭の獅子のあいだを抜けて、馬車に乗せると、うやうやしく自身の手で扉を閉めた。こうして、馬鹿馬鹿しいほど丈も幅もある辻馬車は、ふらつき、車輪をきしませながら、急な坂道を港へと下っていった……。

これが、トニオ・クレーガーの奇妙な故郷滞在だった。

7

夜が訪れ、銀色にゆらめき輝く月が昇ったころ、トニオ・クレーガーの乗った船は大海原に出た。次第に強くなる風から身を守るためにマントにくるまったトニオは、舳《へ》先《さき》に立ち、眼下の強くなめらかな波の暗いうねりを見下ろしていた。波は互いに絡み合い、音を立ててぶつかり、思いがけない方向へと分かれては、突然泡立ちながら光り輝き……。

波に揺られながら、静かな恍惚感《こうこつかん》がトニオを満たした。先ほどまでは、故郷の町で詐欺師として逮捕されそうになったことに、少しばかり打ちのめされていた——とはいえ、ある意味ではそれももっともだと思っていたのだが。しかし、船に乗り込み、かつて子供のころ父親と一緒に見たように、デンマーク語と低地ドイツ語が入り混じったかけ声とともに荷物が蒸気船の船底の奥深くに積み込まれていくのを眺め、梱《こり》や木箱のほかにも、一頭の北極熊とベンガル虎とがそれぞれ頑丈な檻《おり》に入れられて、船へと下ろされるのを目にした。おそらく、デンマークの移動動物園のために、ハンブルクから運ばれてきたのだろう。そんな光景を見ているうちに、気分が晴れてきた。船が平らな岸に沿って川を下っていくあいだに、ペーターゼンとかいう警官の尋問のことなど、すっかり忘れてしまった。そして、それ以前のすべて——甘く悲しく後悔に満ちた夜の夢や、町での散歩や、胡桃《くるみ》の木の眺め——が、再び鮮烈によみがえってきた。さらにいま、海が目の前に開けると、トニオははるかかなたに、子供のころ夏の夢のような海の波音に耳を傾けるという幸福に浸った浜辺を見た。灯台の光と、両親とともに泊まった保養所の明かりが見えた……。バルト海！　トニオは、さえぎるものもなく自由に吹き付けてくる強い潮風に向かって、顔を突き出した。風は耳元でうなり、柔らかなめまいを、鈍い痺《しび》れを呼び覚ます。その痺れのなかで、悪や苦しみや迷い、意志や苦労などの記憶のすべてが輪郭を失い、至福のうちに沈みこんでいく。そして、四方の海のざわめき、ぶつかり、泡立ち、うなりのなかに、トニオはあの古い胡桃の木の枝がしなる音を、どこかの庭の門がきしむ音を聞いたような気がした……。黄昏《たそがれ》はどんどん深まっていった。

「あの星《ほす》、おお、あの星《ほす》を見てごらんなさい」突然、樽《たる》のなかから響いてくるかのような、下手くそな歌に似た抑揚の声が言った。その声には聞き覚えがあった。赤みがかった金髪の、簡素な服を着た男のものだ。まぶたは赤らみ、たったいま泳いできたかのように、ひんやりと湿った印象を与える。船室での夕食の際、トニオ・クレーガーの隣に座って、おずおずした控えめな所作に似合わず、驚くほど大量のロブスター入りオムレツを平らげていた男だ。その男がいま、トニオと並んで手すりに寄りかかり、親指と人差し指とで顎を挟んで空を見上げている。どうやら、日常を超越した厳粛で内省的な気分に浸っているようだ。そんな気分のときには、人と人とを隔てる垣根は消え去り、心は見知らぬ人間にも開かれ、口は普段なら恥ずかしくて言えないようなことまでしゃべり出す……。

「ごらんなさい、あなた、あの星《ほす》を。いっぱいに散らばって、瞬《まだだ》いでいる。なんとまあ、夜空一面に。ねえ、そこでですよ、こんな星空《ほすぞら》を見上げて、あのなかにはこの地球の百倍も大きなのがいくつもあるんだと考えると、どんな気持ちになります？　我々人間は、電信装置だとか、電話やなんだといった現代文明の利器を発明しましたよ、ええ、確《たす》かに。だけど、この星空《ほすぞら》を見れば、我々なんて本当は虫《むす》けらにすぎないと思わざるを得ませんねえ。ちっぽけで惨めな虫《むす》けら以外の何者でもないと――こんなふうに思うのは間違ってますか、ねえ？　そう、我々は虫《むす》けらだ！」男は自分の問いに自分で答えると、天空に向かって、打ちひしがれたようすで謙虚にうなずいた。

まったく……勘弁してくれ、この男には文学ってものがわかっていない！　と、トニオ・クレーガーは思った。すぐに、つい最近読んだものを思い出した。ある有名なフランスの作家が書いた宇宙論的および心理学的世界観についての論文だ。あれはたいそう気の利いたたわごとだった。

トニオは隣の若い男の心底からの発言に対して、答えに聞こえなくもないなにかを返した。そしてふたりは、手すりに寄りかかって、船の明かりにちらちらと照らされ揺らめく夜の海を眺めながら、さらに話を続けた。旅の道連れであるこの男は、ハンブルクの若い商人で、休暇を利用してこの遊覧船に乗ったということだった。

「いやね」と男は言った。「コペンハーゲン行きの蒸気船に乗ってみるべきだぞって、思ったんですよ。それでいまここにいるってわけです。ま、いまのところ本当に楽すんでますよ。でもあのロブスターのオムレツ、あれはないですよ、ねえ、そう思いませんか、今夜は嵐《あらす》になるって、船長が自分《ずぶん》で言ってたのに、あんな消化に悪いものを食わされちゃ、たまらないですよ……」

トニオ・クレーガーは、こういった打ちとけた他愛もない話に、密《ひそ》やかな親しみを感じつつ耳を傾けた。

「そうですね」トニオは言った。「そもそも北国では、とにかく食べ物が重たすぎるんですよ。あれは人を怠惰で憂鬱にします」

「憂鬱?」若い男はおうむ返しに言うと、戸惑ったようにトニオを見つめた。そして、「こちらの人じゃないんですね?」と、唐突に訊《き》いた。

「ええ、まあ、遠くのほうから来ましてね!」トニオ・クレーガーは、腕をひらひらとあいまいに動かして答えた。

「いや、おっしゃるとおりですよ」若い男は言った。「まったく、その憂鬱ってやつね、おっしゃるとおりです！　私《わたす》なんて、ほとんどいつも憂鬱ですからね。今日みたいな、星《ほす》が空に瞬《まだだ》く夜は特にそうですすよ」男は再び親指と人差し指で顎を挟んだ。きっとこの男は詩を書いているに違いない、とトニオ・クレーガーは思った。深く真摯な感情のこもった商人の詩を……。

夜は更け、風が激しくなり、話を続けるのも辛《つら》くなってきた。そこでふたりは少し眠ることにして、おやすみなさいと挨拶を交わした。

トニオ・クレーガーは船室の幅の狭い作り付けベッドに横になったが、少しも落ち着かなかった。激しい風とその苦い香りに奇妙に心がざわめき、甘美ななにかを恐れながらも待ちわびるかのように、鼓動が乱れた。おまけに、船が高い波を滑り下り、海面から顔を出したスクリューが痙攣《けいれん》を起こしたかのように空回りする衝撃に、ひどい吐き気まで催した。そこで再び服を着込むと、甲板に出た。

雲が月をかすめて飛んでいく。海が躍っている。調和のとれた均一な波が規則的に寄せてくるのではない。青白くまたたく光のなか、はるかかなたまで海は引き裂かれ、打ち砕かれ、渦を巻く。炎のようなとがった巨大な舌となって舐《な》め、噴出する。泡にまみれた深淵《しんえん》の傍らに、鋭い歯をむき出したこの世のものならぬ形で盛り上がるさまは、まるで向こうみずな遊びにふける怪物の腕が、しぶきをあらゆる方向にまき散らすかのようだ。困難な航海だった。船はがたがたと揺れ、重いうめき声をあげながら、激しい波を必死に掻《か》き分けて進んだ。ときに、船酔いに苦しむ北極熊とベンガル虎の咆哮《ほうこう》が船底から聞こえてきた。蠟《ろう》引き布のマントを着て、フードをかぶり、ランプを胴にくくりつけた男がひとり、甲板の上を懸命にバランスを取りながら、大股で歩き回っていた。そして甲板奥には、ハンブルクから来たあの若い男がいて、手すりからうんと身を乗り出していた。気分が悪いようだ。「まったく」トニオ・クレーガーに気づくと、男は震える空虚な声で言った。「この自然《すぜん》の狂乱をごらんなさい、ねえ！」

ところがそこで話を中断せざるを得なくなり、大急ぎで顔をそむけた。

トニオ・クレーガーは、手近にあった一本の張り詰めたロープにつかまり、手に負えないほど荒れ狂う海を見渡した。身体の奥底から歓声が湧きあがってきた。それは、嵐も怒濤《どとう》もかき消すほどの力強い声のように思われた。愛に心を揺さぶられ、海に向けた詩《うた》が胸のなかに響き渡った。我が青春の荒々しき友よ、こうして我らは再びひとつになった……だが、詩はそこまでだった。形式も整わないまま未完で放置され、余裕をもってひとつの完成した芸術作品に創り上げられることはなかった。いま、トニオの心は生きているのだから……。

トニオは長いあいだそこに立ちつくしていた。やがて、船室の外のベンチに寝転んで、星がまたたく空を見上げた。少しうとうとさえした。顔に吹きかかる冷たい波しぶきが、浅いまどろみのなかで、まるで愛撫《あいぶ》のように感じられた。

月の光に怪しく照らされてそそり立つ白亜の断崖が見えてきたと思うと、次第に近づいてきた。ムーン島だ。再びまどろみが忍び寄ってきた。ときに鋭く顔にかみつき、表情を凍らせる塩からい飛沫《ひまつ》に中断されながら……すっかり目が覚めたときには、すでに日が昇っていた。薄い曇り空の肌寒い日で、緑色の海は昨夜より穏やかだった。

朝食の際、あの若い商人に出会った。トニオを見ると、顔が真っ赤になった。おそらく、昨夜の暗闇のなかで、あんなふうに詩的で恥ずかしいことを口にしたのを気まずく思っているのだろう。きれいに刈り込んだ赤毛の口髭《くちひげ》を五本の指すべてで撫《な》で上げながら、まるで兵士のように無愛想な朝の挨拶を投げてよこした後は、トニオをびくびくと避けていた。

やがてトニオ・クレーガーは、デンマークに上陸した。コペンハーゲンに着くと、チップをもらう権利があるかのような顔をする者には誰にでもチップをやり、三日間、ホテルの部屋を拠点に街中を歩き回った。小ぶりの旅行案内書を開いて持ち、知識を深めようとしている模範的な外国人観光客そのものの姿だった。新国王広場と、その中央にある「馬」と呼ばれる像を見物し、聖母教会の柱を畏敬の念で見上げ、トルヴァルセン[14]の高貴で愛らしい数々の彫刻作品の前に長いあいだたたずみ、円塔に登り、いくつもの城を見学し、ティヴォリ公園でにぎやかな二晩を過ごした。だが実のところ、トニオが見ていたのは、こういった諸々ではなかった。

通気窓の開いた曲線形の切妻壁を持つ家々の眺めは、ときに故郷の町の古い家並みとまったく同じだった。そんな家々の表札に、トニオは昔なじみのさまざまな名前を見つけた。なにか優しく貴重なものを表しているかに見えながら、同時に非難、嘆き、失われたものへの慕情を内包した名前を。そして、もの思いに沈みながらゆっくりと、湿った海辺の空気を吸ううちに、トニオはいたるところで、故郷の町で過ごした夜に見た、奇妙に切なく後悔に満ちた夢のなかに現れたのとまったく同じ青い瞳、同じ金色の髪、同じ雰囲気と造りの顔に出会った。開けた通りで、誰かのまなざし、ふと響いてきた言葉、笑い声が、胸の奥深い場所を突く場面もあった。

活気ある街には、長くはいられなかった。甘く愚かしい、思い出と期待とが相半ばする落ち着かない思いが、どこかの海辺で静かに横になりたい、熱心に探索を続ける観光客のふりをせずに過ごしたいという願いと相まって、トニオを突き動かした。そこでトニオは再び船に乗り、あるどんよりと曇った日（海は黒くうねっていた）、シェラン島の海岸沿いをヘルシンゲルへと北上した。ヘルシンゲルに着くと、すぐに馬車に乗り換え、さらに街道を四十五分ほど、常に海を眼下に見ながら走って、ついに旅の終着地点であり、本来の目的地でもあった場所に着いた。そこは海水浴客用の小さな白いホテルで、窓には緑のよろい戸がついていた。背の低い家々に囲まれて立っており、板葺《いたぶ》きの塔からは、エーレスンド海峡とスウェーデンの海岸が見渡せた。

14　ベルテル・トルヴァルセン（一七七〇―一八四四）。デンマークの彫刻家。

ここでトニオは馬車を降り、ホテルが用意しておいてくれた明るい部屋に入って、持ってきた荷物を棚や箪笥《たんす》に収め、しばらく滞在する準備を整えた。

8

早くも九月過ぎ。滞在先のオールスゴードにも、もはや客はあまりいない。食事は大きな広間でとる。ホテルの一階にあって、サンルームと海とに面した背の高い窓があり、天井の梁《はり》がむき出しになっている。食事時には、女主人が采配を振る。未婚の年配女性で、白い髪に薄い色の瞳、ばら色の柔らかな頬を持ち、小鳥がさえずるような声で際限なくしゃべっている。赤らんだ手がテーブルクロスの上で少しでも綺麗に見えるようにと、置き方に工夫をこらしている。滞在客のなかには、真っ白な船員風の髭《ひげ》と青みがかった黒い顔を持つ猪首《いくび》の年老いた紳士がいる。首都コペンハーゲンから来た魚商人で、ドイツ語ができる。ひどい鼻詰まりなうえ、卒中を起こす寸前といった状態らしく、呼吸は短く断続的で、ときどき指輪をはめた人差し指を持ち上げて片方の鼻の穴をふさぐと、もう一方の穴から思い切り息を吐き出して、わずかでも空気を通そうとする。にもかかわらず、三度の食事の際には、目の前に置いたアクアヴィット[15]の瓶に絶え間なく手を伸ばす。あとの滞在客は、三人の大柄なアメリカ人青年と、その監督者または家庭教師らしき男のみだった。男は黙ったまま眼鏡を押し上げてばかりで、青年たちと一日中ずっとサッカーをしていた。青年たちは赤みがかった金髪を中央で分け、表情の乏しい長い顔をしている。「悪いけど、そこの腸詰め《プリーズ・ギヴ・ミー・ザ・》とかいうやつ、取ってくれないか《ヴルスト＝シングズ・ゼア》！」とひとりが言う。「腸詰めじゃない、《ザッツ・ノット・ヴルスト、》ハムだよ《ザッツ・シンケン》！」と別のひとりが言う。青年たちと家庭教師とが食卓での会話に貢献したのはこのときのみで、あとは黙ったまま席に座って、湯を飲んでばかりだ。トニオ・クレーガーにとっては、ともに食卓を囲むのにこれ以上の相手は望むべくもなかった。誰にも煩わされることなく、魚商人と女主人がときおり交わすデンマーク語の会話のなかの喉頭音や、清音、濁音に耳を澄まし、たまに魚商人と天気についてちょっとした言葉をやりとりするのみで、その後は席を立つと、サンルームを通って、午前中にもすでに長い時間を過ごした海岸へと、再び下りていくのだった。

光文社 古典新訳 文庫

トニオ・クレーガー

マン◉浅井晶子◉訳　760円

同級生の男子ハンスや、金髪の少女インゲに
思い焦がれながらも、
愛の炎には身を捧げられず、
精神と言葉の世界に歩みだしたトニオ。
だが大人になり小説家として成功してなお、
彼の苦悩は燻《くすぶ》っているのだった。
若者の青春と新たな旅立ちを描いた、
ノーベル賞作家の自伝的小説。

今月の新刊
2018.8

kobunsha classics

【文学】

フランス文学

ヴィアン●野崎 歓●訳
うたかたの日々
儚くもやるせない青春の姿を描いた〝現代の神話〟!
914円

ヴェルヌ●高野 優●訳
八十日間世界一周（上・下）
全財産と誇りを賭けて不可能に挑む、不滅の冒険小説!
上下各720円

ヴェルヌ●高野 優●訳
地底旅行
科学と哲学と宗教を統合した究極のSF小説!
1320円

ヴォルテール●斉藤悦則●訳
カンディード
「リスボン大震災に寄せる詩」本邦初完全訳!
980円

ガストン・ルルー●平岡 敦●訳
オペラ座の怪人
怪人の悲劇を描いた、フランスの代表的ミステリー
1320円

コクトー●中条省平・中条志穂●訳
620円

ブルトン●海老坂 武●訳
狂気の愛
愛に対する痛切な讃歌、待望の新訳!
740円

プレヴォ●野崎 歓●訳
マノン・レスコー
身を滅ぼすまで純粋な愛に生きた二人を描く
840円

フローベール●太田浩一●訳
感情教育（上・下）
恋と打算、友との青春群像を描く〝自伝的〟傑作
上1340円 下1320円

マンシェット●中条省平●訳
愚者《あほ》が出てくる、城寨《おしろ》が見える
誘拐された子供と子守りの決死行。傑作暗黒小説!
552円

ミュッセ●渡辺守章●訳
ロレンザッチョ
「メディチ家暗殺事件」を描いたミュッセの幻の傑作
1160円

モーパッサン●永田千奈●訳
女の一生
現実をリアルに描いたモーパッサン文学の真髄、待望の新訳!
838円

ラディゲ●中条省平●訳
560円

椿姫
高級娼婦が目覚めた「真実の愛」の行方は？

デュラス／コクトー●渡辺守章●訳
アガタ／声
対話と独白。「語り」の濃密さが鮮烈な印象を与える傑作2篇
648円

バタイユ●中条省平●訳
マダム・エドワルダ／目玉の話
エロスの狂気が神を超える。バタイユ小説の白眉を新訳で
620円

バルザック●中村佳子●訳
ゴリオ爺さん
野心ある学生が欲望渦巻くパリで見たものとは？
1260円

バルバラ●亀谷乃里●訳
赤い橋の殺人
19世紀の知られざる奇才の代表作、ついに本邦初訳！
920円

プルースト●高遠弘美●訳
消え去ったアルベルチーヌ
『失われた時を求めて』第6篇。〝最終稿〟を本邦初訳
705円

プルースト●高遠弘美●訳　全14巻
失われた時を求めて 1～6
二〇世紀文学の最高峰が絢爛たる新訳で甦る！
(1)960円 (2)1105円 (3)1295円 (4)1500円 (5)1260円 (6)1260円

蛇に恋した青年が見たものは。幻想の魔術師の傑作譚

ホフマン●大島かおり●訳
砂男／クレスペル顧問官
ホフマンの怪奇幻想作品の代表作とされる傑作3篇
880円

ホフマン●大島かおり●訳
くるみ割り人形とねずみの王さま／ブランビラ王女
奔放な想像力が炸裂するホフマン円熟期の傑作2篇
1260円

マン●岸 美光●訳
ヴェネツィアに死す
旅先で会った美少年への愛が、高名な作家を破滅させる
640円

マン●岸 美光●訳
詐欺師フェーリクス・クルルの告白（上・下）
『魔の山』と好一対をなす傑作ピカレスク・ロマン
上下各1048円

ムージル●丘沢静也●訳
寄宿生テルレスの混乱
思春期の少年たちの、微妙な心理の揺れを描く処女作
705円

リルケ●松永美穂●訳
マルテの手記
詩人の苦悩と再生の物語、ドイツ文学の傑作！
1180円

コレット●河野万里子●訳
青い麦
奔放な愛に生きた作家が描く"女性心理小説"の傑作　619円

コンスタン●中村佳子●訳
アドルフ
男女の恋愛の葛藤を切々と描いたフランス心理小説の傑作　880円

サン=テグジュペリ●野崎 歓●訳
ちいさな王子
本当の「王子」に出会える。大人に贈るたいせつな物語　560円

サン=テグジュペリ●二木麻里●訳
夜間飛行
危険な事業に挑む者の孤高の姿を詩情豊かに描く　540円

サン=テグジュペリ●渋谷 豊●訳
人間の大地
パイロットとしての壮絶な体験から生まれた自伝的作品　980円

サン=テグジュペリ●鈴木雅生●訳
戦う操縦士
第二次大戦中の著者の戦争体験に基づく小説　880円

ジッド●中条省平・中条志穂●訳
狭き門
世界文学史上屈指の悲痛なラヴ・ストーリー！　980円

ジュネ●宇野邦一●訳
薔薇の奇跡
スキャンダラスな作家の自伝的小説　1280円

ジュネ●中条省平●訳
花のノートルダム
同性愛の神話的世界の驚くべき精緻な描写！　1020円

シュペルヴィエル●永田千奈●訳
海に住む少女
海に浮かぶ不思議な町の少女……透きとおる物語集　476円

シュペルヴィエル●永田千奈●訳
ひとさらい
不幸な子供ばかりをさらうビグア大佐の秘密とは……　920円

ジロドゥ●二木麻里●訳
オンディーヌ
水の精と騎士の恋の行方は……20世紀仏演劇の傑作　590円

スタンダール●野崎 歓●訳
赤と黒（上・下）
野心のまま生きる青年の内的葛藤を描く「情熱の文学」　上800円　下1020円

ゾラ●國分俊宏●訳
オリヴィエ・ベカイユの死／呪われた家
ゾラ傑作短篇集
稀代のストーリーテラー、ゾラの才能が凝縮された5篇を収録　1120円

ラファイエット夫人●永田千奈●訳
クレーヴの奥方
あえて貞淑であり続けようとした女性心理を描く　960円

ルナール●中条省平●訳
にんじん
肉親から理不尽な仕打ちを受ける少年の成長を描く　760円

ロスタン●渡辺守章●訳
シラノ・ド・ベルジュラック
恋するシラノのことばが"スイング"する！　堂々の新訳　980円

ロブ=グリエ●中条省平●訳
消しゴム
殺人事件の捜査官を待ち構える、衝撃の結末とは？　1276円

ドイツ文学

カフカ●丘沢静也●訳
変身／掟の前で 他2編
カフカがカフカになった。画期的新訳で見えた本当のカフカ　480円

カフカ●丘沢静也●訳
訴訟
深刻な『審判』から、軽快な『訴訟』へ！　762円

ケストナー●丘沢静也●訳
飛ぶ教室
友情、勇気、信頼、そして正義。すべての子どもに贈る　540円

デュレンマット●増本浩子●訳
失脚／巫女の死 デュレンマット傑作選
巧みな心理描写と意外なストーリー展開。珠玉の4編　1048円

ブレヒト●谷川道子●訳
三文オペラ
猥褻なエネルギーに満ちたブレヒトの代表作　900円

ブレヒト●谷川道子●訳
ガリレオの生涯
3・11以降もっともアクチュアルな問題作！　1060円

ブレヒト●丘沢静也●訳
暦物語
"下から目線"のちょっといい話が満載の短編集　960円

ヘッセ●松永美穂●訳
車輪の下で
優等生ハンスの孤独と苦悩を、瑞々しい文体で描き出す　620円

ヘッセ●酒寄進一●訳
デーミアン
少年の魂の遍歴と成長を見事に描いた傑作小説　720円

光文社 古典新訳 文庫

今月の新刊 2018.8

ロビンソン・クルーソー

デフォー●唐戸信嘉◉訳　1,240円

船に乗るたびに災難に見舞われるロビンソン。無人島に流れ着き悪運尽きたかと思えたが、要塞のような住居づくり、家畜の飼育、土器づくり、パン焼きなど、試行錯誤しながらも限られた資源を活用して28年も暮らすことになる……。創意工夫と不屈の精神で生き抜いた男の波瀾の人生を劇的に描いた傑作。

kobunsha classics

好評既刊

「美」と「エロス」に引き裂かれた男！

ヴェネツィアに死す

マン●岸 美光◉訳　640円

高名な老作家アッシェンバッハは、ミュンヘンからヴェネツィアに旅立つ。美しくも豪壮なリド島のホテルに滞在し、ポーランド人家族に出会った彼は、一家の美しい少年タッジオに強く惹かれていく。おりしも当地にはコレラの嵐が吹き荒れて……。

エロスの魔力、これぞ物語を読む醍醐味！

だまされた女／すげかえられた首

マン●岸 美光◉訳　705円

アメリカ人青年に恋した初老の未亡人は、再び男性を愛する喜びに目覚めたのだが……（「だまされた女」）。インドの伝説の村、頭脳の優れた青年と見事な肉体の若者が美しい腰の娘に出会う。娘は女になり、目覚めた愛欲が悲喜劇を生む。その混乱の結末は？（「すげかえられた首」）

『魔の山』と好一対の傑作ピカレスク・ロマン。この圧倒的な面白さ！

詐欺師フェーリクス・クルルの告白（上・下）

マン●岸 美光◉訳　各1,048円

天与の美貌、爽やかな弁舌、鮮やかな模倣の才を武器に、貧しい青年クルルは徴兵検査をくぐり抜け、憧れのパリで高級ホテルのエレベーターボーイとして雇われる。そして宿泊客の美しい女性作家に誘惑されて……。意図的に古めかしい饒舌な文体を活かした、超絶技巧の新訳！

海岸は、静かで夏らしいときもある。ゆったりと滑らかに凪《な》いだ海は、青と、ワインの瓶のような緑と、赤みがかった色との縞模様《しま》で、銀色に輝く日の光を反射している。海藻が干し草のように陽光で乾き、打ち上げられたクラゲが干からびつつある。かすかに腐臭がし、砂浜に座ったトニオ・クレーガーがもたれかかっている漁船のタール臭もわずかに漂ってくる。目の前にはスウェーデンの海岸ではなく、広々とした水平線が延びている。海の静かな息遣いは、清くさわやかに、あらゆるものを撫《な》でていく。

かと思うと、灰色の嵐の日々もやってくる。波は、角《つの》で突きかかろうとする雄牛のように首をもたげ、怒り狂って浜へと疾走してくる。海岸は奥まで一面波に洗われ、濡《ぬ》れて黒光りする海藻、貝、打ち上げられた木の幹や枝で覆われる。低い雲がどんよりと立ち込める空の下、延々とはるかに連なる波の丘のはざまに、薄緑色に泡立つ谷が延びる。だが、雲の奥に太陽があれば、その下の海面には白っぽいサテンの輝きが

15 北欧で造られる、ジャガイモを主原料とした蒸留酒。

広がる。

トニオ・クレーガーは風と潮騒《しおさい》のまっただなかに立つ。この上なく愛する、永遠の、重い、耳を聾《ろう》する轟音《ごうおん》に陶然として。きびすを返して歩き出すと、突然あたりはすっかり穏やかに、暖かくなったように感じられる。だが、背後の海を、トニオは感じている。海は呼びかけ、誘い、挨拶する。そしてトニオは微笑《ほほえ》むのだった。

トニオは海に背を向けたまま歩く。牧草地を横切り、人ひとりいない道を行く。やがて、かなたまで連なる丘陵状のブナの森がトニオを迎え入れる。トニオは苔《こけ》の上に腰を下ろし、一本の木にもたれかかる。木々のあいだから海がわずかに見える向きに。ときおり風が、打ち寄せる波の音を運んでくる。それは、まるではるかかなたで板が重なり落ちるかのような響きだ。木々のこずえからは、カラスの叫び声。かすれて荒れた、途方に暮れたような声……トニオは本を一冊膝に載せているが、一行も読んではいない。深い忘却を、時空から解き放たれて超然と漂う感覚を楽しんでいるのだ。ただ時折、かすかな痛みに心臓が震えるかのように感じられる。それはほんの一瞬の、刺すような憧憬と悔恨の情で、その名と由来を問うには、トニオはあまりに気《け》だるく、あまりに深く物思いに沈潜しているのだった。

こんなふうに、幾日もが過ぎていった。正確に何日たったのかはわからなかったし、知りたいとも思わなかった。ところがある日、とある出来事が起こった。それは、空には太陽が輝き、多くの人が居合わせるなかで起こった。そしてトニオ・クレーガーは、その出来事にあまり驚きもしなかった。

その日は始まりからすでに、荘厳で魅力的だった。トニオ・クレーガーは、朝とても早くに、かすかであいまいな戦慄《せんりつ》を覚えて、眠りの世界から飛び起きた。そして、目の前に広がっているのは奇跡に違いない、おとぎ話のなかの光の魔術なのだと思った。トニオの部屋にはエーレスンド海峡に面したガラスドアとバルコニーがあり、白い薄手の紗《しゃ》のカーテンが居間と寝室を仕切っている。柔らかな色の壁紙と、薄い色の簡素な家具のおかげで、常に明るく居心地のいい雰囲気だ。ところがいま、いまだに眠けでぼんやりしたトニオの目は、その部屋がこの世のものならぬ神々しさと輝きとに満たされているのを見たのだった。なにもかもが、名状しがたい優美でかぐわしい薔薇《ばら》色の光にどっぷりと浸っていた。壁と家具は金色に染まり、紗のカーテンは柔らかな紅色に輝いている……トニオ・クレーガーはしばらくのあいだ、なにが起こったのか理解できずにいた。だが、ガラスドアの前に立って外を眺めると、すべてはいま昇りつつある太陽の業《わざ》だとわかった。

ここ何日も、どんよりした雨模様が続いていた。ところがいま空は、まるで薄青色の絹のようにすっきりとした光沢を放って、海と陸の上にぴんと張り詰めている。太陽が、きらきらと輝く海のさざ波の上を荘厳に昇っていく。赤と金に染まった雲がその手前を横切り、周りを取り囲む。その下で海は、畏怖の念に身震いし、燃え立つかに見える……。その日は、こんなふうに始まった。混乱し、だが幸福な気分で、トニオ・クレーガーは服を着ると、ほかの客たちの誰よりも早く階下のサンルームで朝食をとり、その後、小さな木造の海水浴小屋から海峡に向かって泳ぎ、何時間も浜辺を散歩した。戻ってみると、ホテルの前に何台もの乗合馬車が停まっていた。広間に行くと、隣のピアノが置かれたサロンにも、サンルームにも、その向こうに張り出したテラスにも、大勢の人がいるのが見えた。小市民風の服装の団体で、円卓を囲んで賑《にぎ》やかにしゃべりながら、バターを塗って具材を載せたパンを、ビールとともに楽しんでいる。いずれも家族連れらしく、老いも若きも入り混じり、なかには子供までいる。今日二度目の朝食の席で（テーブルには燻製《くんせい》、塩漬け、焼き菓子など、冷たい料理が山のように盛られていた）、トニオはいったいどうなっているのかと尋ねてみた。

「客ですよ！」魚商人が言った。「ヘルシンゲルから行楽とダンスパーティーに来た客です！　まったく、神よ、我らを守りたまえ。きっと今夜は眠れないでしょうな！　ダンスパーティーがあるらしいのでね。ダンスに音楽。困ったことに、夜遅くまで続くでしょう。一家勢ぞろいで、ダンスパーティー付きの遠足ってわけですよ。要するに団体旅行でしょう。それで、楽しい一日を満喫するんです。さっき船と馬車とで到着して、いま朝食をとってるところですよ。この後また出かけるんですが、晩には戻ってきて、ここのサロンで愉快なダンスが始まるってわけです。まったく、なんてことだ、今夜はまんじりともできませんよ……」

「たまには雰囲気が変わっていいじゃないですか」トニオ・クレーガーは言った。

それからしばらくは、皆が無言だった。女主人はその赤らんだ指の揃《そろ》え方に気を配り、魚商人は鼻詰まりを改善しようと右の鼻の穴から息を吐き、アメリカ人たちは湯を飲みながら、気の抜けた顔をしていた。

　そのとき、突然それは起こった。ハンス・ハンゼンとインゲボルク・ホルムが、広間を横切ったのだ——。

　トニオ・クレーガーは、泳ぎと速足での散歩の後の心地よい疲れを感じながら、椅子にもたれ、鮭《さけ》の燻製をトーストに載せて食べていた。座っていたのは、サンルームと海が見える席だった。そのとき突然ドアが開き、ふたりが手をつないで入ってきたのだ。のんびりと、急ぐそぶりもなく。インゲボルク——金髪のインゲ——は、クナーク氏のダンス教室のときと同じように、明るい色の服を着ていた。花模様の軽快なドレスの丈はくるぶしまでしかなく、肩には幅の広い白いチュールのフリルが付いていて、その深い切れ込みが、インゲの柔らかでしなやかな首筋を露《あらわ》にしていた。帽子に付いたリボンを結び合わせて、腕にかけている。昔よりもほんの少し大人っぽくなったようで、あの素晴らしかったお下げを、いまでは頭の周りに巻きつけている。一方ハンス・ハンゼンのほうは、まったく昔のままだった。金ボタンのついた船乗り用のマントを着ていて、その下の水兵服の青い幅広の襟が、肩と背に広がっている。

短いリボンの付いた水兵帽を、だらりと垂らした手に持ち、悠々と前後に揺らしている。インゲボルクは切れ長の目をあらぬほうへと向けている。朝食をとっている人たちに見つめられて、少しばかり気まずい思いをしているのかもしれない。だがハンス・ハンゼンのほうは、なにもかも知ったことかといった風情で、まっすぐに朝食のテーブルのほうに顔を向け、鋼のように青い目で、ひとりひとりを挑発するように、どこか軽蔑さえ込めてにらみつけた。さらには、自分がどういう男であるかを見せつけるために、インゲボルクの手まで離すと、帽子を一層激しく振った。ふたりはこうして、静かに青みを増す海を背景に、トニオ・クレーガーの目の前を通り過ぎ、広間を端から端まで横切って、反対側のドアからピアノのあるサロンへと消えた。

それは午前十一時半の出来事で、トニオたち滞在客がまだ朝食をとっているあいだに、隣のサロンとサンルームでは団体客たちが席を立ち、もう誰ひとり広間に入ってくることもないまま、脇のドアからホテルを出ていった。外から、皆が冗談を言い合い、笑いながら馬車に乗り込む音、一台、また一台と馬車が車輪をきしませながら街道を走り出し、遠ざかっていく音が聞こえた……。

「あの人たちは、戻ってくるとおっしゃいましたね?」トニオ・クレーガーは尋ねた……。

「戻ってくるんですよ!」魚商人が言った。「まったく、なんてことだ。いいですか、楽団を呼ぶようにって注文していったんですよ。私はちょうどこの広間の真上で寝ているっていうのに」

「たまには雰囲気が変わっていいじゃないですか」トニオ・クレーガーは再び言った。そして席を立ち、外に出た。

その日を、トニオはほかの日と同じように過ごした。海岸で、森で、本を膝に載せ、太陽に目をしばたたきながら。心のなかで幾度も反芻《はんすう》するのは、ただひとつの思いだった――魚商人が確信をもって言ったとおり、彼らがまた戻ってきて、広間でダンスパーティーを催すのだということ。そして、それを楽しみにするよりほかの気持ちは、トニオにはなかった。それは、長く死んだような歳月のあいだ、もはや抱くことのなかった、不安な甘い喜びだった。ふと、どういった想像の連鎖の果てにか、トニオは遠い知り合いのことをぼんやりと思い出した。小説家のアーダルベルト。自分の望むものがなにかをはっきり把握していて、春の空気を避けるためにカフェへと向かった男。いまトニオは、そんなアーダルベルトに肩をすくめる……。

その日はいつもよりも早い時間に昼食となり、夕食も、やはりいつもより早くに、ピアノのあるサロンでとることになった。広間ではすでにダンスパーティーの準備が進められていたからだ。華やいだ雰囲気のなか、すべてが混乱をきたしていた。やがて日が暮れて、トニオ・クレーガーも自室に引き取ったころ、再び街道のほうとホテルのなかから喧騒が聞こえてきた。遠足に出ていた客たちが帰ってきたのだ。さらに、ヘルシンゲルの方向から、自転車や馬車で新しい客が到着したと思うと、すぐにホテルの階下から、バイオリンの調弦の音や、練習するクラリネットの鼻声にも似た音色が聞こえてきた……今夜のダンスパーティーが華やかなものになることは、間違いなさそうだった。

やがて、小編成の室内オーケストラが、マーチを演奏し始めた。くぐもった、だが正確な拍子が、階上まで響いてくる。ダンスはポロネーズから始まった。トニオ・クレーガーはしばらくのあいだ静かに座ったまま、耳を傾けていた。だが、拍子がマーチからワルツに移行したのが聞こえると、立ち上がって、音を立てずに部屋から忍び出た。

部屋の前の廊下から、脇階段がホテルの通用口まで続いている。そして通用口からは、どの部屋も通ることなくガラス張りのサンルームに出られる。トニオはこの道をたどった。静かに、こっそりと、まるで禁断の道を行くかのように、暗闇のなかを注意深く手探りしながら。愚かしい、だが心地よく揺れ動く音楽に、どうしようもなく惹《ひ》きつけられて。音楽はすでに、くぐもることもなく明瞭に聞こえてくる。

サンルームはからっぽで、明かりもついていなかった。だが、広間に続くガラスドアは開いていた。そこは輝く反射鏡の付いたふたつの大きな灯油ランプに明るく照らされている。そこへ向かって、トニオは忍び足で進んだ。暗闇に立って、誰にも姿を見られることなく、光のなかで踊っている人々をこっそり見つめることができるという密やかな愉楽に、肌が粟立《あわだ》つような感覚を覚えた。素早く、貪欲に、目当てのふたりを探して視線をさまよわせる……。

ほんの半時間前に始まったばかりだというのに、パーティーはもうすっかり盛り上がっていた。確かに、一行がここに到着したときには、すでに一日中、皆で一緒に日頃の悩みを忘れて楽しく過ごした後で、互いにすっかりうちとけ、はしゃいでいたのだから、不思議はない。思い切ってほんの少し身を乗り出すと、ピアノのあるサロンが見渡せた。そこには、煙草と酒をお供にカードに興じる年配の紳士たちがいた。また、妻とともに手前のビロード張りの椅子や、広間の壁際に座って、ダンスを眺めている人たちもいる。彼らは開いた膝の上に両手を突っ張って、いかにも金持ちらしい満ち足りた顔つきで頬を膨らませている。一方で母親たちはカポート[16]を頭に載せ、両手を胸の前で組んで、首をかしげ、若者たちの喧騒を見守っている。広間の長いほうの壁には演壇が設《しつら》えられており、そこで楽団が懸命に演奏していた。トランペット奏者までいて、自身が出す音を恐れてでもいるかのように、ためらいがちに、慎重に吹いているが、それでもしょっちゅう音は割れ、裏返る……。波のようにうねり、輪を描きながら、いくつものペアが踊っている。一方で、腕を組んで広間を歩いているペ

16　三角形の小さなボンネット。

アもいる。皆、いかにもダンスパーティーといった服装ではなく、戸外で過ごす通常の夏の日曜日に着るような服だ。紳士たちは、田舎じみたデザインのスーツ姿。それも、この一週間ずっと着ないで大切に取っておいたことが見てとれる。そして若い女性たちは、胸もとに野花の束を付けた明るい色の軽いドレス。広間には子供たちもいて、子供どうし、自分たちなりのやり方で踊っている。それも、音楽がかかっていないときにまで。燕尾服《えんびふく》を着た脚の長い男がいる。田舎の大将といった風情で、片眼鏡《かためがね》をかけ、髪にこてを当てている。郵便局の助手かなにかだろう。デンマークの小説に出てくる滑稽な人物そのものだ。この男がダンスパーティーの幹事兼指揮官らしい。汗をかきかき熱心に、全身全霊で仕事にあたる彼は、いたるところに同時に出没する勢いで、これ見よがしにせかせかと広間じゅうを飛び回っている。ぴかぴか輝く先の尖《とが》った軍靴に押し込んだ足を、巧みにまず爪先から床に下ろし、くねくねと複雑に交差させて歩いていく。腕を宙でぶんぶん振り、指示を出し、音楽をかけろと怒鳴り、手を叩《たた》く。そのあいだじゅう、その権威の印として肩に結んだ大きく色鮮やかなリボンの端が、ひらひらとたなびきながら後をついていく。男はときどき愛《いと》おしそうにそちらを振り返る。

そして、やはりいた。今日、日の光のなか、トニオ・クレーガーの前を通り過ぎていったあのふたり。その姿を再び目にし、しかもふたりをほぼ同時に見つけたトニオは、喜びのあまり戦慄した。ここにハンス・ハンゼンが立っている。トニオのすぐ近く、ドアぎわに。足を大きく開き、少し前かがみになって、パウンドケーキの大きな一切れを悠々と口に運んでいる。空いたほうの手を、くずを受け止められるよう顎の下で構えて。そしてあそこ、壁際には、インゲボルク・ホルム――金髪のインゲ――が座っている。ちょうど郵便局の助手がくねくねと気取った足取りでインゲのほうへ向かっていく。そして、片手を背中にまわし、もう一方の手を優雅に胸に当てるというとっておきのお辞儀をして、ダンスに誘う。だがインゲは首を振り、息が切れているので少し休まねばならない、と身振りで伝えている。そこで助手は、インゲの隣に腰を下ろす。

トニオ・クレーガーはふたりを見つめた。かつて恋い焦がれ、苦しんだ相手――ハンスとインゲボルク。いま目の前にいるふたりがハンスとインゲボルクそのものに見えるのは、個々の特徴や、服装が似ているからというよりは、むしろ彼らが人間として同じタイプ、いわば同じ人種に属するせいだった。彼らが持つ明るい色の肌と鋼のような青い目と金髪は、純潔、清浄、明朗、そして誇り高いと同時に無邪気な、触れることのかなわない近寄りがたさを想起させる……。トニオはふたりを見つめた。ハンス・ハンゼンが、かつてとまったく同じように、広い肩とほっそりした腰を持つ見事な体を水兵服に包んで立つ粋《いき》な姿を。インゲボルクが独特の高慢なはしゃいだ笑い声とともに首を横にかしげ、独特のしぐさで手を――特にほっそりしているわけでもなく、繊細とはとてもいえない小さな少女らしい手を――頭の後ろにもっていった拍子に、軽やかな袖が肘からすべり落ちるのを……。すると突然、トニオは郷愁に胸を突かれた。それはあまりに激しい痛みで、顔が引きつるのを誰にも見られないよう、トニオは思わず暗闇のなかにあとずさった。

僕は君たちを忘れていただろうか？　とトニオは自問した。いや、決して忘れたことなどない！　ハンス、君のことも、金髪のインゲ、君のことも！　君たちのためにこそ、僕はこれまで仕事をしてきたんだ。そして、賞讃の拍手が聞こえることがあれば、そこに君たちもいて、一緒に手を叩いてくれているのではないかと、こっそりあたりを見回してきたんだ……ねえ、ハンス、『ドン・カルロス』は読んだかい？　君の家の庭の門で約束してくれたね。でも、どうか読まないでくれ！　もう君に読んでほしいとは思わない。孤独だからという理由で泣く王が、君になんの関係がある？　君の明るい瞳を、詩を読んだり、感傷に浸ったりして、ぼんやりと夢見がちに曇らせてしまってはいけないんだ……。君のようになれたら！　もう一度最初からやり直して、君と同じように成長することができたら。誠実で、朗らかで、飾り気がなくて、品行方正で、秩序正しく、神とこの世界と調和して、無害で幸福な人々から愛されて。インゲボルク・ホルム、君を妻にすることができたら。そしてハンス・ハンゼン、君のような息子を持てたら――認識の呪縛とも創造の苦しみとも無縁に生き、凡庸という幸せのなかで愛し、生を称《たた》えることができたら！　……もう一度最初からやり直す？　いや、そんなことをしても無駄だ。結局同じことになるだけだ――すべてが、実際に起こったとおりに再び繰り返すだろう。必然的に間違った道へ進むしかない人間もいるのだ。そういう人間にとっては、正しい道などそもそも存在しないのだから。

音楽がやんだ。休憩だ。飲み物と軽食が配られる。郵便局の助手が自ら、山盛りのニシンサラダを載せた盆を手にせかせかと歩きまわり、ご婦人方に給仕する。さらにインゲボルク・ホルムの前に来ると、膝まで突いて、サラダボウルを差し出し、インゲは喜びに顔を赤らめる。

いまになってやはり、ガラスドアの向こうから覗くトニオに気がつく者も出てきたようで、いくつもの紅潮した美しい顔から、いぶかしげな、検分するような視線が向けられた。だがトニオはそれでも、いまいる場所から動かなかった。インゲボルクとハンス・ハンゼンもまた、ほぼ同時にトニオのほうに目を向けた。それはトニオもよく知る、ほとんど軽蔑にも近い完全な無関心を表す視線だった。そのときトニオは不意に、どこからか別の視線が向けられ、自分にじっと注がれるのを感じた……振り向いたとたん、感じていた視線の主と目が合った。そう遠くない場所に、少女がひとり立っていた。青白く細い繊細な顔のその少女には、先ほどからもう気づいていた。あまり踊ってはいなかった。紳士たちも、特に彼女の気を惹こうとはしていなかった。トニオはずっと、少女がひとりきりで、憂鬱げに唇を引き結び、壁際に座っているのを目にしていた。いまもやはり、少女はひとりだった。皆と同じように明るい色の軽やかな服を着てはいるが、薄い生地の下から、不恰好《ぶかっこう》な尖った肩が白く透けて見えており、その貧相な肩のあいだに痩せた首があまりに深く埋まっているので、少しばかり発育状態が悪いのではないかとさえ見える、おとなしそうな少女だ。薄手の五分丈の手袋をはめた手を平らな胸の前に持ち上げ、指先をかすかに触れ合わせている。首を垂れ、黒い瞳を潤ませて、少女は上目遣いにトニオ・クレーガーを見つめていた。トニオは顔をそむけた……。

ここに、すぐ近くに、ハンスとインゲボルクがいる。ハンスはいつの間にか、インゲの隣に座っている。インゲはハンスの妹なのかもしれない。ふたりは、頰を紅潮させたほかの人たちに囲まれて、食べ、飲み、おしゃべりをし、楽しみ、よく響く声で互いをからかい合い、明るい笑い声を響かせている。ふたりに少しでも近づくことはできないだろうか？ ハンスかインゲボルクに投げかけることのできる軽口を、なにか思いつかないだろうか？ ふたりがせめて微笑みで答えざるを得ないような軽口を？ そうできたら、どれほど幸せだろう。トニオはそうしたいと渇望した。そうすれば、いまよりもずっと満足して部屋へ戻ることができる。ふたりとささやかな世界を共有したという思いとともに。彼らにかけるべき言葉を、トニオは頭のなかで練った。だが、それを口に出す勇気は出なかった。結局これまでと同じことだ。ふたりはトニオのことを理解してはくれないだろう。たとえトニオがなにか言えたとしても、戸惑いながら耳を傾けるだけだろう。なぜなら彼らの言葉は、トニオの言葉とは違っているからだ。

どうやらダンスがまた始まるようだった。郵便局助手があらゆる分野にわたる仕事をこなしている。せかせかと歩きまわり、皆に踊れと促し、給仕の手を借りて椅子とグラスを邪魔にならないところに片付け、楽団に指示を出し、どこへ行けばいいかわからずもたもたしている数人の肩をつかんでダンスフロアへ押し出す。これからなにを踊るのだろう? カップルが四組ずつ方形になって……おぞましい思い出に、トニオ・クレーガーは顔を赤らめた。彼らはカドリーユを踊るのだ。

音楽が始まり、それぞれのカップルがお辞儀をしながら互いに交差する。郵便局助手が指示を出す。その指示は——なんということだ——フランス語で、鼻音の発音がたとえようもなく優雅に響く。インゲボルク・ホルムは、トニオのすぐ目の前で踊っていた。ガラスドアのすぐそばの組の一員として。トニオの前を行ったり来たり、前へ後ろへとステップを踏み、回転する。その髪からだろうか、それともドレスの柔らかな生地からだろうか、こぼれる香りが、ときおりトニオの鼻をかすめた。トニオは目を閉じ、昔からよく知っている気分に身を任せた。その芳香と苦い刺激を、トニオはここ最近ずっとかすかに感じていた。それがいま再びトニオのすべてを甘い苦悩で満たす。これはなんだろう？　憧れ？　優しさ？　嫉妬や自己卑下？　……ご婦人《ムリネ・》はムリネ《デ・ダーム》を！　ねえ、金髪のインゲ、あのとき君は笑ったかい？　僕がムリネを踊ってしまってひどい恥をかいたあのとき、君は僕を嘲笑ったかい？　そして、今日でもやはり君は笑うだろうか？　僕が有名と言えなくもない男になった今日でも？　ああ、きっと笑うんだろう。そして、君がそうするのは、あくまで正しいんだ！　たとえ僕が、たったひとりで交響曲を九曲完成させ[17]、『意志と表象としての世界[18]』を書き上げ、

17　ベートーベンの九つの交響曲を指す。

『最後の審判』[19]を描いたとしても——それでも君には永遠に笑う権利があるんだ……。

トニオはインゲを見つめた。すると、ある詩の一節が頭に浮かんできた。長い間思い出しもしなかったが、それでもなつかしく、親しい一節が。「僕は眠りたい、けれど君は踊らずにいられない」。この一節のことなら、知り尽くしていた。この言葉からにじみ出る、北国独特の憂鬱で切実で不器用な重苦しい感情のことなら。眠る——それはすなわち、ただただ感情の赴くままに生きることへの憧れだ。行動する義務も踊る義務もなしに、甘く物憂く安らいで——けれどもやはり、踊らねばならない。機敏に、意識を研ぎ澄まし、芸術というあまりに難しく危険な剣《つるぎ》の舞を完璧に踊って見せねばならない。それも、恋をしていながらも踊らねばならないという事実が持つ屈辱的な不条理を、片時も忘れることなく……。

突然、皆の動きが激しく奔放になった。方形が解かれ、全員が飛び跳ね、滑りながら散らばっていく。カドリーユの締めくくりに、ギャロップが始まったのだ。カップルたちは音楽の怒濤《どとう》のような拍子に乗って、トニオ・クレーガーの前を飛び過ぎていく。滑るように、慌ただしく、抜きつ抜かれつ息を切らして笑いながら。一組のカップルが、周囲の激しい動きに翻弄されて、旋回しながら猛烈な勢いで近づいてきた。娘のほうは青白く繊細な顔立ちで、痩せたいかり肩だ。不意に、トニオの目の前で、つまずき、足を滑らせ、くずおれる。さきほどの青白い顔の少女が転んだのだ。怪我をしても不思議ではない、すさまじい転び方だった。少女とともに、相手の男性も転んだ。男性のほうは痛みがひどいようで、相手のことをすっかり忘れてしまい、座り込んだまま、顔を歪《ゆが》ませて両手で膝をさすりはじめた。一方、少女のほうは、転倒の衝撃にすっかり呆然《ぼうぜん》としてしまったようで、いまだに床に倒れたままだ。トニオ・クレーガーは少女に近づき、優しく腕を取って、立ち上がらせた。憔悴《しょうすい》し、混乱し、辛《つら》そうに、少女はトニオを見上げた。すると突然、その繊細な顔一面が、薄い朱に染まった。

「ありがとうございます《タク》！　ああ、本当にありがとうございます《マンゲタク》！」そう言って、少

18　ショーペンハウアー著（一八一九年）。
19　ミケランジェロがシスティナ礼拝堂の祭壇に描いたフレスコ画。

女は黒い瞳を潤ませ、上目遣いにトニオを見つめた。

「これ以上踊っちゃいけませんよ、お嬢さん」トニオは穏やかにそう言った。そしてもう一度、あのふたりのほうを——ハンスとインゲボルクを——振り返った。それからトニオは立ち去った。サンルームとダンスパーティーとを後にして、階上の部屋へ戻った。

参加してもいないパーティーにすっかり酔いしれ、嫉妬でくたくただった。昔と同じ。なにもかも昔とまったく同じだ！　顔を紅潮させて暗がりにたたずみ、君たち——金髪で、生き生きした、幸せな君たち——への想いに胸を痛め、最後は孤独にその場を立ち去った。誰かが来てくれなくては！　インゲボルク、ここに来てくれ！　僕がいなくなったことに気づいて、こっそりと後を追ってきて、僕の肩に手を置き、言ってくれ。——私たちのところに戻っていらっしゃいよ！　元気を出して！　私、あなたを愛してるのよ！　……だがもちろん、インゲは来なかった。そういったことは起こらないのだ。そう、昔もそんなことがあった。そしてあのときと同じように、トニオは幸せだった。なぜなら、トニオの心は生きていたからだ。だが、今日ある自分になるまでの長い歳月は、いったいなんだったのだろう？　硬直、荒野、氷だった。精神！　そして芸術！

トニオ・クレーガーは服を脱ぎ、横になって、明かりを消した。そして枕に向かって、ふたつの名前を囁《ささや》いた。ふたつの穢《けが》れなき北国の響き。それはトニオにとって、自分本来の根源的な愛と苦しみと幸せのあり方を、生を、簡素でひたむきな感情を、故郷を表す響きだった。当時から今日にいたるまでの歳月を、トニオは振り返った。これまでに身をもって経験してきた官能と感受性と思考との荒涼とした冒険のことを思った。皮肉と才知とにずたずたに引き裂かれ、ものごとを容赦なく認識してしまうせいで荒れ、麻痺《まひ》し、創造の熱と冷たさとに半ば擦り切れ、神聖と情欲という両極端のあいだを良心の葛藤にさいなまれつつふらふらと揺れ動き、冷たく人工的に心を高揚させてきたせいで打算的になり、堕落し、消耗し、迷い、荒廃し、苦しみ、病んだ自分の姿を思い浮かべた。そして、後悔と郷愁とにすすり泣いた。

周囲は暗く、静かだった。だが階下からは、生という名の甘く通俗的な三拍子が、くぐもった音で、トニオのもとまでうねるように響いてきた。

9

トニオ・クレーガーは北国で、約束通り、友人のリザヴェータ・イヴァノヴナに手紙を書いた。

南の楽園で暮らす親愛なるリザヴェータ、僕もまもなくそちらへ戻ります、とトニオは書いた。これは、まあ言ってみれば手紙のようなものですが、きっと君をがっかりさせることでしょう。というのも、ここには一般的なことしか書かずにおこうと思っているからです。話すことがないからではありません。僕なりにあれこれと経験しなかったわけではないのです。故郷の町では、危うく逮捕されそうになるという一幕さえありました……ですがこのことは、僕の口から直接話します。最近ときどき、個々の出来事を語るよりも、上質な形でなにか一般的なことを言いたい日があるのです。

覚えていますか、リザヴェータ、君は一度、僕のことを、一般人と呼んだことがありましたね。道を誤った一般人と。あれは、うっかり口にしたほかのいろいろな告白につられて、僕が「人生」と名付けるものに対して抱く愛情を吐露してしまったときのことでしたね。でも実際、あの言葉がどれほど的を射ていたか、君にはわかっていたでしょうか。僕の一般人気質と「人生」への愛とが、どれほど分かちがたいものであるかを。今回の旅は、そのことを考える機会になりました。

ご存じですか、僕の父は、北方の人らしい気質の持ち主でした。思索的で、徹底していて、清教徒のように清廉潔白で、憂愁にとらわれがちでした。母のほうは、わけのわからない異国の血筋で、美しく、官能的で、天真爛漫《てんしんらんまん》で、同時にだらしがなく、情熱的で、衝動的に奔放な行動に走る人でした。このふたつの気性の混交が、並外れた可能性とともに並外れた危険をもはらむことには、疑問の余地がありません。そこから生まれた結果がこれです。芸術という道に誤って踏み込んでしまった一般人、きちんとした家庭での子供時代への郷愁を抱えたボヘミアン、やましい良心にさいなまれる芸術家。この一般市民としての良心こそ、僕が芸術家という存在、非凡さ、才能のすべてに、深い二面性、深いいかがわしさ、深い疑わしさを見ずにはいられない原因ですし、僕の心を、単純で純真で、心地よく平凡で、天才的なところなどない、品行方正なものへの偏愛で満たすものでもあるのです。

僕はふたつの世界の狭間《はざま》にいて、どちらのことも故郷とは感じられず、そのせいで少しばかり辛《つら》い思いをしています。君たち芸術家は僕のことを一般人と呼ぶのに、その一般人は僕を逮捕したがる始末ですから……そのどちらのほうに、より苦い思いをさせられているのかはわかりません。一般人は確かに愚かです。でも君たち美の信奉者は——僕のことを憧憬を持たない鈍重な人間だとみなす君たちは——、一度よく考えてみるべきです。平凡なもののもたらす喜びへの憧憬以上に甘く、価値のある憧憬などない——そう感じてしまうほどに深い、運命によって否応《いやおう》なく定められた芸術家としてのあり方も存在するのだということを。

偉大で悪魔的な美の道を果敢に進み、「人間」を軽蔑する、誇り高く冷徹な人たちに、僕は感嘆の念を抱きます——でも、うらやましいとは思いません。もし、売文屋を真の詩人に変えるものがあるとすれば、それは、人間的なもの、生き生きとしたもの、平凡なものに対する僕のこの俗物的な愛情にほかならないからです。温かさ、善、ユーモアのすべてが、ここに由来するのです。それどころか僕には、これこそが、聖書に書かれた「愛」そのものではないかとさえ思われます。「たとえ人々の言葉、天使の言葉を語ろうとも、愛がなければ、ただの空虚な鐘、騒がしい銅鑼《どら》にすぎない」[20]という一節にある「愛」ではないかと。

僕が成し遂げたことなど、なにもありません。ほとんど無に等しいわずかなものです。リザヴェータ、これからはもっと善きものを創り出します。——これは約束です。これを書いているいまも、海の轟《とどろ》きがここまで響いてきます。僕は目を閉じます。すると、いまだ生まれぬ茫洋《ぼうよう》とした世界が、秩序と形式を与えられるのを待っているのが見えます。うごめく人物たちの影が、呪縛を解いて救いだしてほしいと僕に手を振るのが見えます。悲劇的な人物、滑稽な人物、または悲劇的かつ滑稽な人物たち。彼

20　新約聖書「コリントの信徒への手紙」。

らに、僕は大きな愛情を抱いています。けれど、僕の最も深く、最もひそやかな愛は、金髪で青い目の人間たちに向けられているのです。明るく生き生きとした、幸せで、愛すべき、凡庸な人たちに。

リザヴェータ、どうかこの愛を非難しないでください。これは善き愛、実り多き愛です。そこには憧憬があり、憂鬱な嫉妬と、少しばかりの軽蔑と、純真そのものの幸福があるのです。

解説――『トニオ・クレーガー』の読み方

伊藤　白《ましろ》
（学習院大学文学部ドイツ語圏文化学科准教授）

周囲の「普通の」人びと、凡庸で幸福な友人たちに距離を感じながらも憧れを抱いていた少年時代、その憧れに逆らって放埒《ほうらつ》な生活を味わいつくし、人の苦しみを作品に描くことでいわばそれを売り物にして小説家として名を挙げた青年時代。しかしふと我に返ったとき、やはり自分は「普通の」人びとの実直で清潔で単純な生活、社交的で愛情に満ちた幸福な生活への憧れを捨てきることができないことに気づき、その思いを胸に抱いて作家として生きていくことを決意する――。

二〇世紀ドイツを代表する作家トーマス・マンの美しい青春小説『トニオ・クレーガー』（一九〇三）は、日本で最も愛されているドイツ文学の一つだ。初の翻訳は一九二七年の『トオマス・マン短篇集』に収められた日野（実吉）捷郎によるもので、これはその後一九五二年に岩波文庫で『トニオ・クレエゲル』として単独出版された。さらに、文庫本だけを見てみても、高橋義孝訳（一九五六年、新潮文庫）、植田敏郎訳（一九七〇年、旺文社文庫）、野島正城訳（一九七一年、講談社文庫）と幾度も翻訳が重ねられ、二一世紀に入ってからも二〇一一年に河出文庫から平野卿子による翻訳が出版されている。今回の浅井晶子氏の翻訳はそれに続くものである。

なぜこれほどまでにこの作品は読まれているのか。まず、この作品の持つテーマ、つまり自分の居場所を見つけることのできない迷える人間の孤独や、「普通の」人びとに対する優越感を含んだ憧れが、昔も今も一定の割合で存在する文学少年・青年の心を捉えてきたという事実があるだろう。こうした人間の苦悩を微に入り細をうがって描きつくす筆運びはマン文学の真骨頂《しんこっちょう》で、これを読んで自身を知り、慰めを得た読者は少なくないに違いない。また、この作品の構成に音楽的な美しさを見出し、一種独特の高揚した読後感を得た読者もいるだろう。あるいはさらに別の、もっと卑近な理由もあるかもしれない。トーマス・マンの小説は、『ブデンブローク家の人々』（一九〇一）にしても『魔の山』（一九二四）にしても、なんといっても長いものが多いのだ。その中では『トニオ・クレーガー』は比較的読みやすい小品であり、しかもマン自身が「自分の心に最も近い作品」（「略伝」〔一九三〇〕）とお墨付きを与えてくれている。これさえ読めばマンの世界を少しはわかったような気になる、というお得感も、この作品の人気に寄与しているに違いない。

とはいえ、マン作品の中では読みやすい『トニオ・クレーガー』も、すでに出版から一〇〇年以上が経過しており、しかも遠い日本からは、いくつかの前提知識なしには理解できない点もある。のみならず、実を言うならば、『トニオ・クレーガー』は、トーマス・マンの最初期の作品にすぎず、二〇世紀前半という混乱の時代を生きたトーマス・マンという作家の全体像を、これだけを読んで捉えることができるとは言いがたいのだ。したがって以下では、作品をより楽しむために知っておきたいそのバックグラウンドを、トーマス・マンの略歴を押さえつつ解説するとともに、『トニオ・クレーガー』以降のトーマス・マンを紹介することで、この作品の位置づけを確認したい。さらに、この作品の新しい読み方を二つ紹介することで、その現代的な意義を考察したい。

あらすじと自伝的背景

『トニオ・クレーガー』は、先述のとおり、ストーリーとして非常にわかりやすい作品である。「幸せで、愛すべき、凡庸な人たち」への愛を語って終わるエンディングは多くの人に受け入れやすいものであり、しかも、主題部（自分の抱く憧れに悩む少年時代）、展開部（憧れを突き放した青年時代）、再現部（自身の憧れを再認識するデンマーク旅行）というソナタ形式を思わせる構成や、「この当時、トニオの心は生きていた」（二九ページ、四三ページ）といったフレーズの繰り返しが音楽的なリズムを生み出し、作品をより読みやすいものにしている。

さらに、この作品はマンの自伝的要素を多く含む作品で、史実に照らして実に多くのことが研究されている。

トーマス・マンは一八七五年六月六日、ドイツ北部のハンザ都市リューベックの豊かな商人の家に五人兄弟姉妹の二人目として生まれた。兄はマレーネ・ディートリヒ主演の映画『嘆きの天使』の原作者として知られるハインリヒ・マン。『トニオ・クレーガー』の二年前に出版されたマン初の長編『ブデンブローク家の人々』は、マン一家をモデルに歴史ある商家四代の没落を描いたもので、夭折《ようせつ》する四代目のハンノには、トーマス・マン自身の幼少期が少なからず投影されている。『トニオ・クレーガー』は、いわばその続き、ハンノが生き続けたバージョンとも言える。

作品の冒頭部分の舞台は、作品中では一度も名指しされないものの、間違いなくマン自身の故郷リューベックである。その旧市街はバルト海にそそぐトラーヴェ川の、南北二キロメートル、東西一キロメートルほどの中州にある。トニオの家のモデルになっているのはマンの祖母の家で、旧市街の中心部にある聖マリア教会の真向かいにある。『ブデンブローク家の人々』の舞台にもなった立派なファサードを持つこの家は、現在は「ブデンブローク・ハウス」と呼ばれる記念館になっており、リューベックの観光名所の一つだ。「玄関扉の上に書かれた、半ば消えかかった敬虔《けいけん》な文句」（九三ページ）とは、『ブデンブローク家の人々』の中にも登場するラテン語の「Dominus providebit（主、守り給うべし）」のこと。これを作品中に明示しないのは、『トニオ・クレーガー』を読む人は、すでに『ブデンブローク家の人々』を読んでいるはず、というマンの自負であり、うぬぼれであろうか。

トニオが通う学校はマン自身が通ったギムナジウム（大学進学者向けの中学校・高校に該当）、一五三一年に創立されたカタリネウム校である。この学校は、実はトニオの家のすぐ近くにあり、トニオが提案したハンスとの帰宅ルートを地図でたどると、ものすごい遠回りであることがわかる。トニオのハンスへの想いの強さを表したものだろう。

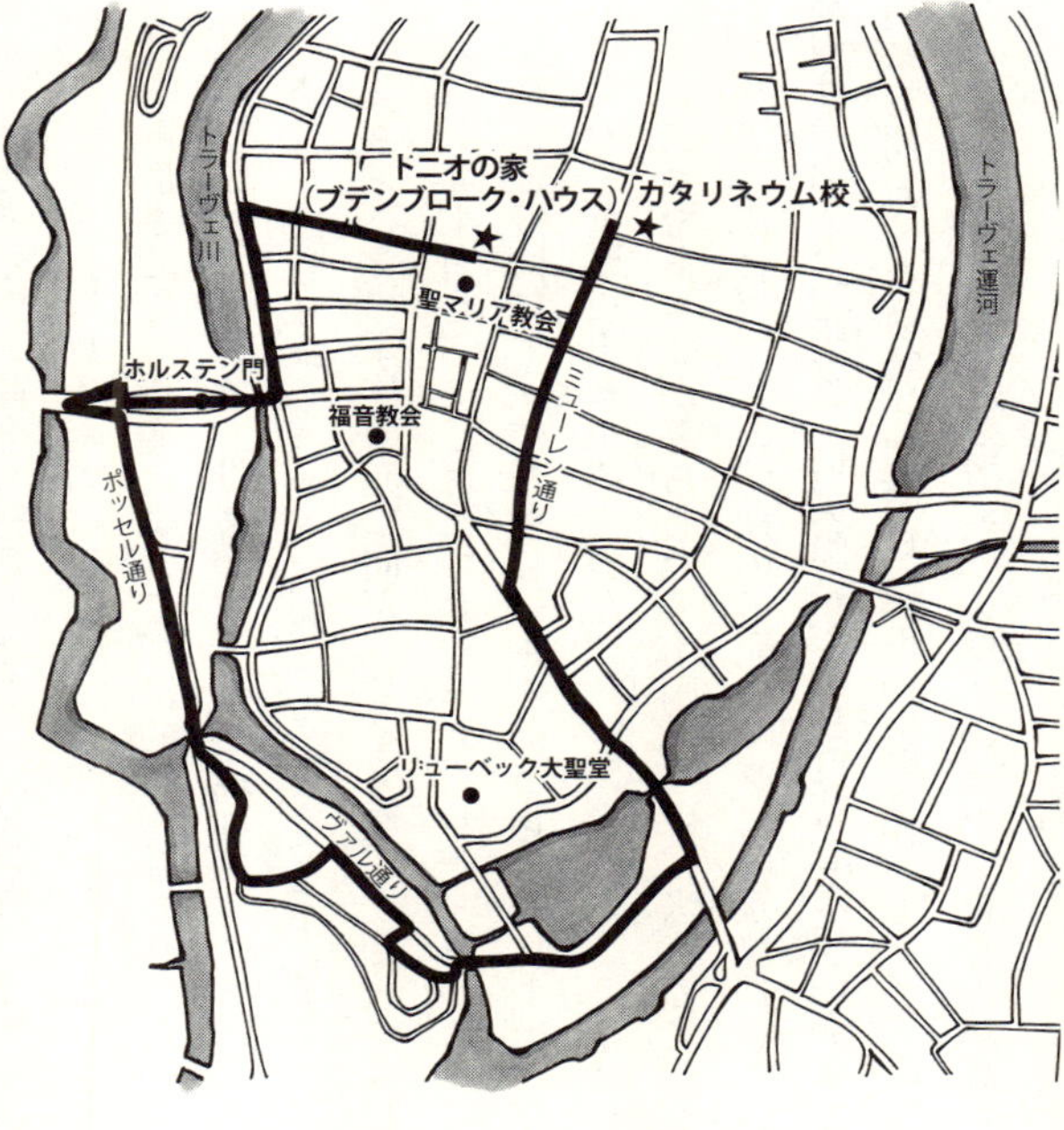

トニオとハンスの帰宅ルート

物語と同様に、歴史あるマン商会の経営者であった父親は、マンが一六歳のときに死亡した。癌だった。父親は息子たちにビジネスの才能がないことを見抜き、遺言であっさりと会社を解散させた。遺産によって経済的に保証され、しかも家業を継ぐという責任からは解放されたマンは、母親が妹・弟を連れてミュンヘンに移住する中、学業を終えるためにしばしリューベックに残ったのち（しかし実際には卒業できず）、一九歳のときにミュンヘンの家族の元に向かう。インターンとして少しばかり仕事をし、その後一八九五年七月から一〇月までと一八九六年一一月から一八九八年四月まで、兄ハインリヒとともにローマに滞在し、さらにパレストリーナ、ヴェニスとその後のマン作品にとって重要な土地をめぐった。

リューベックを去ったトニオが暮らした「南国」とは、当然のことながらマン自身が経験したイタリアのことだ。この時期の日記はマン自身が焼却していることもあり、「官能と灼熱《しゃくねつ》の罪」（四九ページ）に実際にどの程度苦しんだのかは推測するほかないが、この間に初期短編を執筆、初の短編集『小男フリーデマン氏』を出版した。「関係者に拍手喝采で迎えられた」（五一ページ）のはマン自身の経験を反映したものと言える。

ロシア人画家リザヴェータ（彼女は完全なるフィクションとマン自身が明言している）との会話が行われるミュンヘンのシェリング通りは、ミュンヘン大学のすぐ南側に位置する。マンはイタリアからの帰国後、いったん母親の元に、続いて大学から徒歩圏の独身用の部屋に移り、イタリア時代に書き始めた『ブデンブローク家の人々』を執筆しながら、出版社の原稿審査係として働き、その後ミュンヘン大学やミュンヘン工科大学で聴講生をしていた。ミュンヘンの作家仲間とは、オデオン広場（ミュンヘン大学の南に位置、後にヒトラーのミュンヘン一揆の舞台となったことで知られる）の西に位置するカフェ・ルイトポルトなどで連日文学談義を繰り返していた。当時のカフェは、現在のいわゆる喫茶店とは趣が異なり、コーヒーや紅茶のみならずお酒も提供され、図書館並みに新聞・雑誌が揃っていて各分野の最新情報を手に入れられることもあって、名士から道楽者までが集まり連日議論を繰り広げる華やかな社交の場であった。トニオの作家仲間のアーダルベルト（兄ハインリヒをイメージしているとも言われる）が「現実離れした場所」（六一ページ）を求めてカフェに行くのは、平凡な日常生活にはない刺激を求めてのことであり、トニオがそこから距離を取るのは、そうした芸術家特有のボヘミアンな生活に違和感を覚えてのことであった。

当時のカフェ・ルイトポルトの外観と内装

こうした「芸術家的」な生活を嫌うトニオを、リザヴェータは単なる「一般人」（七九ページ）と呼ぶ。実はこの語句は、この作品の中で最も訳出の難しい箇所かもしれない。実際に過去の翻訳を見てみると、「市民」、「俗人」、「普通の人」と様々である。原語はBürgerで、「市壁の中に住む人＝市民」という意味であるが、特に自治都市リューベックでは、それは政治に参加する「責任ある市民」という意味にもなり、またボヘミアンな芸術家との対比においては「まともな人」、そして悩める天才との対比においては「凡庸な人」、という意味までを含む。「単なるBürger」と言われて傷つくトニオは何とも青臭いが、そんなところがまさに同じく悩める読者の心を捉えてきたのだろう。

その後のトニオの旅行もマンの実際の体験に基づくもので、まだ『ブデンブローク家の人々』を書いていた一八九九年九月、マンはデンマークに二週間ほどの旅行に出かけ、経由地の故郷リューベック滞在中に、宿泊したホテルで指名手配中の詐欺師と間違えられた。また、デンマークで実際に宿泊したガラス張りのテラスのあるホテルが、最後の場面の舞台を提供している。『ブデンブローク家の人々』を脱稿した一九〇〇年の九月、前年の旅行中に得た印象を元に『トニオ・クレーガー』の執筆を開始し、脱稿は一九〇二年一一月。同時並行でいくつかの短編やエッセイを書いていたとはいえ、マンがこの作品にじっくりと時間をかけたことがわかる。その間に、当初二巻本で売り出された『ブデンブローク家の人々』の初版は売り切れ、一冊にまとめた廉価版が出たことで、さらに売り上げを伸ばしていった。一躍流行作家となったマンは、実際に体験したときにはそれなりにショックだっただろうリューベックでの詐欺師取り違え事件を、ほとんど面白おかしく感じるようになったに違いない。孤独をテーマにしながらも、作品全体の基調が明るいのは、当時のマンの幸福な状況を反映しているためである。

『トニオ・クレーガー』後のトーマス・マン

しかしその後のマンを待ち受けていたのは、詐欺師と間違えられたことを気に病んでなどいられないような激動の時代だった。近年はそうしたマンの政治的な闘志としての面に注目する研究が増えてはいるものの、日本の一般の読者のあいだでは、トーマス・マンといえば——というよりは文学などというものにふける人一般が——相も変わらずトニオ・クレーガーのように、暗闇に隠れてガラスドアの向こうの「普通の」人びとの世界を覗き、「市民と芸術家」、「生と死」、そしてそれらに対する愛などといった何か深遠なる哲学的な思索にふけるだけの小難しい芸術家と捉えられている。例えば、村上春樹は『ノルウェイの森』の主人公ワタナベトオルに、恋人直子の滞在する療養施設で『魔の山』を読ませ、現実の世界から遠く離れた「愛と死」の世界に浸らせる。あるいは宮崎駿は映画『風立ちぬ』において、山中の結核療養施設で主人公と同席したドイツ人に、中国との戦争や国際連盟を脱退したことを忘れることのできる場所という意味で「ココハ、魔ノ山」と発言させている。いずれも、『魔の山』を「愛と死」や「時間と忘却」といった哲学に浸ることのできる世界を描いた作品と誤解してのことと言えるだろう。実際には、第一次世界大戦前のヨーロッパ世界を描いた『魔の山』が、戦前のみならず大混乱に陥った戦後の情勢をも盛り込んだ作品であること、「愛と死」といった世界に浸って時局を忘れることを批判する作品でこそあれ、決して忘却を肯定する作品などではないことが理解されていないのだ。こうした誤解の原因の一つは、これまでの『魔の山』の解説等において、『トニオ・クレーガー』と『魔の山』のあいだに決定的な断絶があることが見逃されてきたことにある。『ブデンブローク家の人々』に続きこの『トニオ・クレーガー』も好意的に受け入れられたマンは、桁違いに豊かなユダヤ人家庭に育ったカタリーナ（カーチャ）・プリングスハイム（双子の兄クラウスは、東京藝術大学の前身である東京音楽学校で教鞭をとった）と結婚。六人の子宝に恵まれる一方、長編『大公殿下』（一九〇九）、ヴィスコンティの映画化でも有名な『ヴェネツィアに死す』（一九一二）と次々と作品を世に出し続けた。

順風満帆に見えたマンの人生が大きく変わったのは、第一次世界大戦が勃発した一九一四年である。マンは、書き始めていた『魔の山』を中断して愛国主義的な大部のエッセイ『非政治的人間の考察』を執筆し、自分自身とドイツの文化を洗いざらい検討しなおす壮絶な作業を行った。ところがマンが刷り上がったばかりの本を一九一八年一一月一日に受け取り、カーチャ夫人に贈ったその矢先、一一月三日にキール軍港で反乱がおこり、停戦協定が締結され、ドイツは政治的な大混乱に陥った。ワイマール共和国が樹立されるも、極左・極右勢力によるテロが繰り返されるなか、自身の著作が極右勢力に受け入れられているのを目の当たりにしたマンは、講演「ドイツ共和国について」（一九二二）で共和国政府を支持する立場を表明した。その後に完成した代表作『魔の山』（一九二四）は、執筆開始当初とはまったく異なる政治的立場に立つ作品となったのである。このマンの政治的「転向」、そしてその後の親フランス的、民主主義的な発言は当然のことながら、トーマス・マンこそわれらの代弁者と思い込んでいた保守陣営の反感を買った。一九二九年にノーベル賞を受賞し、「理性に訴える」（一九三〇）などの講演でナチス批判を繰り返していたマンの家に、燃やされた『ブデンブローク家の人々』が送られてくる事件まで発生している。

一九三三年一月三〇日、ナチスが政権を取ると、二月一一日に国外への講演旅行に出発、そのまま亡命生活に入った。マンはスイスのいくつかの地を転々とした後、チューリヒに落ち着く。六〇歳を目前にして亡命者となったマンは、一九三六年についに国籍を剝奪され、三八年にはアメリカに亡命する。その間、四部作『ヨゼフとその兄弟たち』（一九三三〜一九四三）、『ヴァイマルのロッテ』（一九三九）と作品を発表し続け、四五年五月にナチス・ドイツが降伏した直後には、「悪しきドイツと良きドイツと二つのドイツがあるのではない、ドイツは一つであり、その最善のものが悪魔の姦計によって悪しきものとなった」という言葉で有名な講演「ドイツとドイツ人」を行い、さらにはナチスに牛耳られてゆくドイツを一人の作曲家の運命に譬えた『ファウストゥス博士』（一九四七）を世に出した。

亡命というと着の身着のままの生死をさまよう生活を想像するかもしれない。もちろん、第二次世界大戦中の亡命者の多くはまさにそのような生活を強いられ、無名の人びとのみならず、一定の名のある人びとの中にも、物理的・精神的に追い詰められて命を落とした人が数多くいる。だがマンの亡命は別格だった。事前に二度の講演旅行を行って足場を築き、プリンストン大学客員教授として渡米、事前の講演旅行でもすでに知遇を得ていたルーズベルト大統領に招かれて一九四一年にはホワイトハウスに二日間滞在するなど、まさしく大歓待を受けての亡命生活だった。一九四四年にはアメリカ市民権を取得している。

しかしそのアメリカも、マンの安住の地とはならなかった。第二次世界大戦後、それまで反ナチスで一致していたソ連とアメリカの関係が急速に悪化、アメリカで赤狩りが始まり、当時マンがその目と鼻の先に住んでいたハリウッドでも、映画俳優チャップリンが追放される事態に発展する。しかも、実はマン自身についても、ナチスに反対するのが早すぎたなどというほとんど冗談のような理由で共産主義者であるとの嫌疑がかけられ、調査が行われていた。一九五二年、マンは一五年滞在したアメリカを去り、スイスのチューリヒ近郊に最後の住居を構えた。一九五五年八月一二日、八〇歳で没している。

こうしたマンの生涯を概観するなら、トニオのように、暗闇に隠れてガラスドアの向こうの「普通の」人びとの世界を覗いて満足するようなマンは、少なくとも第一次世界大戦中の『非政治的人間の考察』以降には、もはやどこにもいないということがわかる。むろん、マン自身が直接政治に関与したわけではないし、マンの作品の多くは、たとえば『ヨゼフとその兄弟たち』のように、二〇〇〇年以上昔の旧約聖書の物語を題材にするなど、一見実にのんびりしている。しかしこれすらも、その題材は旧約聖書の物語、すなわちユダヤ人の物語であって、マンはこれをまさに反ユダヤ主義が横行するドイツに向けて書き続けたのである。それも、物理的・精神的な様々な攻撃を受け、いくども身に危険を感じながら。一見時局と無関係なのんびりしたテーマの選択は、身の危険をいくぶんなりともやわらげるとともに、現在は政治的に自分と対立するかつての自分のファンに自分の作品を届けるための、マン流の目くらましだった。

こう考えると、マン自身が『トニオ・クレーガー』について語った「自分の心に最も近い作品」という言葉にも少し疑いを向けたくなる。もちろん、若いころのベストセラー作品はどんな作家にとっても好ましいものであり、そこに本音が多分に含まれていることは間違いない。しかしこの言葉が書かれたのは一九三〇年。世界恐慌が起こり、まさにドイツがナチス政権成立に向かって急降下していくさなかである。マンの言葉は、かつての読者へのリップサービスだったような気すらしてくるのではないだろうか。

『トニオ・クレーガー』の新しい読み方

さて、そうはいっても、この作品に面白いところがたくさんあるのは事実だ。これまでになされてきた一般的な解釈は右の通りだが、ここでは少しそれとは異なった読み方を二つ紹介したい。

まず、この作品をジェンダー的な観点から読み直してみたい。気づく読者は気がつくことと思うが、トニオ・クレーガーが最初に「愛した」のは、ハンス・ハンゼン、少年である。この作品では、明示的に同性愛がテーマ化されているのである。実際にこのハンス・ハンゼンにはアルミン・マルテンスというモデルがいて、この少年に恋をしていたことをマンが日記で認めているし、さらには、『トニオ・クレーガー』の執筆時期には、マンはミュンヘンで出会ったパウル・エーレンベルクという画家（男性）に熱烈に恋をしている。マンにこうした同性愛的傾向があったことは、研究者のレベルではすでに研究しつくされるほど研究されている、いわば常識であるが、日本では、少なくとも文庫本の解説レベルでは、この事実は伏せられていることが多い。これは同性愛を忌避し不可視化しようとする現代日本社会の傾向ゆえと言えよう。

マンの「同性愛」を考える際に注意しなければならないのは、『トニオ・クレーガー』が書かれた二〇世紀初頭には、現代のドイツや日本で通用している意味での（しばしば差別的なニュアンスを含む）「同性愛者」という概念はいまだ形成途上にあったということである。当時のドイツの法律では、悪名高い刑法一七五条（一九九四年に廃止）により同性間の性行為は犯罪とされていた。もちろん同性間の結婚などは制度化されておらず、同性愛者の権利は今と比べてはるかに制限されていた。その一方で、同性を求める現象を「男性の女性化」という「病気」と捉え、刑法一七五条の撤廃を求める動きや、あるいは逆に病気ではなく「自然なこと」であるがゆえに同法の撤廃を求める動き、さらには一九世紀末から二〇世紀初頭のワンダーフォーゲル運動（都会を離れ若者だけで自然の中の徒歩旅行を行う運動）の中で生まれた多分にエロティックな要素を含んだ男性間の友情を「より男性的な男性」のものとみなして称揚する動きが生まれ、マンはこれらの動向を常にフォローしていた。一転、ナチス時代に同性愛者が迫害されるようになると、例えば一九三四年六月末、同性愛を理由に突撃隊（SA）のトップであったエルンスト・レームが粛清されたときに、マンは日記の中でいつにもまして激しい言葉でナチスを罵倒している。その裏にあるのは、既成の概念では捉えがたい、しかし明確な自分の性愛の傾向に対するマン自身の認識である。「同性愛」を何と理解するにせよ、マンは実際に少年たちに恋をした。「普通の」人びとの世界では犯罪と呼ばれるものが、自然で豊かなものであることを身をもって知っていたし、それはマンにとって創作の源泉であったのだ。

その一方で、マンの女性観ということになると、少なくともこの時期の作品については厳しいことを言わざるをえない。トニオは、「芸術家っていうのは、そもそも男なんだろうか？」（六二ページ）と言う。その前提にあるのは、「男＝市民」というマンの理解であり、この発言にはマンの女性蔑視が表れているのだ。当時の西洋社会では、露骨な女性蔑視や女性嫌悪はごく普通のことであり、当時の小説にしても学術論文にしても、そうした傾向を持たないものを探すほうが難しいくらいである。つまり、当時一般にそうであった程度にはマンにも女性を蔑視する傾向があったのであり、この一言が、同性愛に対しては開放的・進歩的であるにもかかわらず、女性イメージに関しては保守的、というマンのある種矛盾した（というよりは厳密には、同性愛者を男の中の男とみなしたいがゆえにより一層女性を蔑視する）思考を暴露してしまっているのである。こうした女性蔑視の傾向は、その後少しずつ変化し、特に後期の作品にはむしろ女性がマンの代弁者となるケースがしばしばあることは興味深い。

もう一つは、『トニオ・クレーガー』を「移民文学」として読む読み方である。トニオの母親は「地図ではうんと南のほうに位置する国」（一六ページ）から来たが、これはブラジルのことを指していると考えるのが自然だ。なぜなら、彼女のモデルは、ドイツ人とポルトガル系ブラジル人の「ハーフ」であり、ブラジル生まれであるマン自身の母親である。つまり、マンは「クォーター」であり、移民の子供なのである。

現在のドイツでは、戦後にトルコ人をはじめとする外国人労働者を多数受け入れたことから、人口の五分の一以上が移民あるいはその子孫である。移民の多くは、言語・教育の面で不利な立場にあり、それが彼らの職業選択の幅をしばしば狭めている。しかし、すでに第二世代、第三世代が中心となる現在、中には作家や映画監督として活躍するようになった人もいて、最も有名なのが映画監督のファティ・アキンだろう。『愛より強く』（二〇〇四年）でベルリン国際映画祭金熊賞を受賞し、多くの作品が日本でも公開されている。その際、ファティ・アキンをはじめとする移民作家たちは、むしろ自分の移民性を強調し、他者としての声を発することを一つの戦略として用いている。

その意味において、マンの作品も移民文学として捉えることができる。ファティ・アキンの場合と同様、マンの持つ移民性は、マン文学の中で必ずしもつねにポジティブに描かれているわけではない。右に引用した母親の出自についても、その直後に自分を「ジプシー」と比較（一七ページ）しており、その際この言葉には差別的なニュアンスが付されている。このこと自体は、現代の視点から見て、批判の余地がある。しかし、マンにとって、自分の持つこの否定的な要素、「ジプシー的」なところは、同時に自分を他の「普通の」人びとから識別するポジティブな標識でもあり、マンはそれを一つの戦略としてむしろ売り込んでいるのだ。

「移民」であるという自覚は、その後のマンの実人生にも大きな意味を持った。マンがユダヤ人のカーチャと結婚したとき、マンにとってそうした異文化の結合は、ドイツ文化をより豊かにするポジティブなものでこそあれ、その逆ではなかったはずだ。また、愛国主義的な自己検討のエッセイ『非政治的人間の考察』を書いていたときにも、マンが守らなければならないと考えていた「ドイツ」は、ドイツ語圏において継承されてきた文化であって、ドイツ民族の血などではまったくなかった。第一次世界大戦後、反ユダヤ主義とドイツ民族の血の純粋さを掲げるナチスの思想が、マンにとっていかに笑止千万であったかはたやすく想像できる。

さらに、マンのアメリカ移住の際にも、マンの「移民」としての認識が一役買ったのではないだろうか。マンの作品は初期のころから英語にも翻訳され、しばしばアメリカでもベストセラーになっている。その時点でマンはアメリカに悪くない感情を抱いていたものと思われるが、これは当時としては異例なことだった。なぜなら、多くのヨーロッパの知識人・文化人は、文化はヨーロッパにあるのであって、アメリカに文化があるなどとは夢にも思っていなかったからである。しかし、南アメリカ出身の、芸術性豊かな母親を持つトーマス・マンにとって、アメリカは少し違ったニュアンスを持っていた。そしてそれがゆえに、スイス亡命中にも積極的にアメリカ移住の可能性を模索し、実行に移したのだ。そういえば、『トニオ・クレーガー』にもアメリカ人が出てくる。腸詰めとハムの違いをめぐって議論するだけ（一一八ページ）の彼らは実につまらなそうだ。しかし彼らは実にこともなげに、はるばるアメリカからやってきて、ヨーロッパの上流階級に混じって休暇を過ごしているのである。こんな鋭い観察をしているマンは、実に楽し気であり、その初期からまったくもってグローバルである。

「同性愛者」や「移民」といった特性を一つのカテゴリーとみなすべきかは難しい問題をはらむ。そうすることで、いわばレッテルを貼り、必要以上にそうした人びとを異質な「他者」へと押しやってしまう可能性があるからである。しかし、こうしたマイノリティへの「配慮」が、実際にはそうした人びとへの嫌悪感の単なる隠れ蓑となっているケースが多いのも事実だろう。むしろ必要なのは、そうした人びと自身の認識に耳を傾けることだ。同性愛的な傾向にせよ、移民性にせよ、マンをマイノリティたらしめるこれらの要素を、マンが何一つ隠し立てしたりしていないことは『トニオ・クレーガー』を一読すれば明らかである。むしろこれらの要素は、マンにとって自分を他から差別化する戦略であり、「普通の」人びとに見えないものが見えるという強みであったのだ。これが、マン文学に、あるいはその政治的態度に、鋭い嗅覚と広い視野、そして絶妙のバランス感覚を与えたことは疑いえない。

以上の二つの現代的な読み方から見えてくるのは、どれほど高名な作家が書いた作品であっても、それはその時代の制約を受けたものであるということだ。一方で逆に、出版当時はまったく問題にならなかったにもかかわらず、現代的な読み方をすることで初めて「発見される」作品の意義もある。マン文学の面白さは、その特殊な出自、突出した知名度と立ち位置のゆえに、現代の「一般人」が直面している二一世紀的な問題を、半世紀あるいは一世紀以上も前に先取りしていることにあるのかもしれない。

トーマス・マン年譜

一八七五年

六月六日リューベックで穀物商会を営む家の次男として生まれる。兄ハインリヒ（一八七一〜一九五〇）も長じて作家となる。

一八八九年　一四歳

カタリネウム校入学（実科高校課程）。

一八九一年　一六歳

父が死亡。穀物商会解散。ポルトガル貴族の血を引くブラジル生まれの母ユーリアは、翌年一家を連れてミュンヘンに移る。トーマスはリューベックに残って学業を続ける。

一八九三年　一八歳

友人らと学友雑誌「春の嵐」を創刊。

一八九四年　一九歳

一年志願兵資格証明書を得て、ミュンヘンに移り、火災保険会社に勤めるが、秋には辞職。短編小説「転落」を発表。

一八九五年　二〇歳

夏から秋にかけてイタリア旅行。

一八九六年　二一歳
秋にイタリア旅行。九八年春まで滞在。この間に『ブデンブローク家の人々』執筆開始。

一八九八年　二三歳
短編小説集『小男フリーデマン氏』刊行。「ジンプリツィシムス」誌の編集部に勤める（一九〇〇年まで）。

一八九九年　二四歳
九月、リューベック経由でデンマークへ旅行。

一九〇〇年　二五歳
「トニオ・クレーガー」執筆開始。一年志願兵として兵役につくが、三ヶ月で除隊。

一九〇一年　二六歳
『ブデンブローク家の人々』刊行。

一九〇三年　二八歳
「トニオ・クレーガー」を「ノイエ・ドイチェ・ルントシャウ」誌に発表。短編集『トリスタン』刊行。

一九〇四年　二九歳
ミュンヘン大学教授の娘カタリーナ（カーチャ）・プリングスハイムと婚約。翌年結婚。

一九〇五年　三〇歳
戯曲「フィオレンツァ」発表。長女エーリカ誕生。

一九〇六年　三一歳
長男クラウス誕生。

一九〇七年　三二歳
ヴェネツィアへ旅行。

一九〇九年　三四歳
『大公殿下』刊行。次男ゴットフリート（ゴーロ）誕生。バート・テルツに山荘を持つ。

一九一〇年　三五歳
『詐欺師フェーリクス・クルルの告白』執筆開始。次女モーニカ誕生。妹で女優のカルラ自殺。

一九一一年　三六歳
ブリオーニ島を経てヴェネツィアに旅行、リドに滞在。

一九一二年　三七歳
『ヴェネツィアに死す』刊行。カーチャ夫人、ダヴォスのサナトリウムに入院。

一九一三年　三八歳
『魔の山』執筆開始。

一九一四年　三九歳
評論「フリードリヒと大同盟」執筆。
［第一次世界大戦勃発］

一九一五年　四〇歳
『魔の山』執筆中断。長編評論『非政治的人間の考察』執筆開始。

一九一八年　四三歳
『非政治的人間の考察』刊行。三女エリーザベト誕生。
［第一次世界大戦終結］

一九一九年　四四歳

『魔の山』執筆再開。三男ミヒャエル誕生。

一九二一年　四六歳
講演「ゲーテとトルストイ」。

一九二二年　四七歳
『詐欺師フェーリクス・クルルの告白、幼年時代の巻』刊行。講演「ドイツ共和国について」。

一九二三年　四八歳
母ユーリア死去。

一九二四年　四九歳
『魔の山』刊行。

一九二五年　五〇歳
ヨゼフ小説を構想。

一九二六年　五一歳
『ヨゼフとその兄弟たち』執筆開始。

一九二七年　五二歳
妹ユーリア自殺。

一九二九年　五四歳
ノーベル文学賞受賞（『ブデンブローク家の人々』に対して）。

一九三〇年　五五歳
エジプトからパレスチナへ旅行。講演「理性に訴える」。

一九三一年　五六歳
講演「文化共同体としてのヨーロッパ」。

一九三二年　五七歳
講演「作家としてのゲーテの経歴」、「市民時代の代表者としてのゲーテ」。

一九三三年　五八歳

講演「リヒャルト・ヴァーグナーの苦悩と偉大」。国外に講演旅行に出るも、ナチスの政権奪取によりマン家は接収され、帰国できず。秋にはスイスのチューリヒ近郊キュスナハトに定住。ヨゼフ小説第一巻『ヤコブ物語』刊行。

[ヒトラー政権獲得]

一九三四年　五九歳

ヨゼフ小説第二巻『若いヨゼフ』刊行。最初のアメリカ旅行。

一九三五年　六〇歳

ニースで開かれた「知的協力委員会」に「現代人の形成」（『ヨーロッパに告ぐ』）を寄稿。

一九三六年　六一歳

講演「フロイトと未来」。ヨゼフ小説第三巻『エジプトのヨゼフ』刊行。『ヴァイマルのロッテ』を構想。チェコ国籍を得る。ドイツ国籍を剥奪される。

一九三七年　六二歳

『詐欺師フェーリクス・クルルの告白』第一巻第五章までを刊行。雑誌「尺度と価値」創刊。

一九三八年　六三歳

アメリカに講演旅行「来たるべきデモクラシーの勝利について」。政治論集『ヨーロッパに告ぐ』刊行。アメリカに居を移し、プリンストンに定住。

一九三九年　六四歳

講演「自由の問題」。『ヴァイマルの

ロッテ』刊行。

［ドイツ軍のポーランド侵入、第二次世界大戦始まる］

一九四〇年　六五歳

年明けとともに『すげかえられた首』執筆開始。八月脱稿。一〇月刊行。BBCを通じてドイツに向け毎月定期的にラジオ放送を開始。

一九四一年　六六歳

カリフォルニアに移住。

一九四三年　六八歳

一月にヨゼフ小説第四巻『養う人ヨゼフ』完結、一二月に刊行。その間に短編「掟」を執筆完成。『ファウストゥス博士』執筆開始。

一九四四年　六九歳

アメリカ市民権取得。

一九四五年　七〇歳

講演「ドイツとドイツ人」。

［第二次世界大戦終結］

一九四六年　七一歳

肺腫瘍の手術。

一九四七年　七二歳

戦後最初のヨーロッパ旅行に出かける。講演「われわれの経験から見たニーチェの哲学」。『ファウストゥス博士』刊行。

一九四八年　七三歳

『選ばれた人』と『ファウストゥス博士の成立』の執筆開始。

一九四九年　七四歳
『ファウストゥス博士の成立』刊行。戦後最初の、一六年ぶりのドイツ訪問。息子クラウス自殺。

一九五〇年　七五歳
兄ハインリヒ死去。

一九五一年　七六歳
『詐欺師フェーリクス・クルルの告白』続編の執筆再開。シカゴの自然史博物館を訪問。リンカーン・バーネット著『宇宙とアインシュタイン博士』（一九四八年）を読む。『選ばれた人』刊行。

一九五二年　七七歳
『だまされた女』執筆開始。六月末、アメリカ国内の反共的空気を嫌い、ヨーロッパに移住、チューリヒ近郊に住む。旅行案内書によりリスボン市内や近郊について知識を得る。

一九五三年　七八歳
三月『だまされた女』完成。

一九五四年　七九歳
二月『詐欺師フェーリクス・クルルの告白』完成。九月『回想録第一部』として刊行。評論「チェーホフ試論」、「シラー試論」執筆。

一九五五年　八〇歳
シラー没後百五十年の記念講演（「シラー試論」を短縮した形で）。八月一二日チューリヒで死去。

訳者あとがき

初めて『トニオ・クレーガー』を読んだのは、中学生のころだっただろうか。そのときには、自身の年齢と近かったためだろう、少年時代のトニオの葛藤や悩みが印象に残った一方、大人になってからのトニオのことは理解のかなたにあったようだ。というのも、『トニオ・クレーガー』の中盤から先、芸術家として名を成してからのトニオに関しては、すっぽり記憶から抜け落ちていたのだ。『トニオ・クレーガー』は、少年（と少女）の思春期特有の葛藤を描いた青春小説だと思い込んでいた。

だが、翻訳をすることになって、本作を改めて（そして初めて原文で）読んだとき、より胸に響いたのは、大人になってからのトニオの生き方だった。読む私が大人になったせいだろうか、少年時代のトニオには、いたたまれないほどの既視感を抱きつつ、ときに「しっかりしろ！」と肩をゆすぶりたくなる衝動を感じる一方、大人になってからのトニオの人間としての平凡な幸せへの憧れと諦念には胸を締め付けられた。芸術家である限り、人間としては「死んで」いなければならない、つまり人間らしい幸せを得ることはできない、という葛藤が、現代社会でどれほど読者の共感を得るかはわからない。芸術の定義も、芸術家のあり方も、この物語が書かれた百年前といまとではずいぶん違うだろう。だが、「世界と調和できない」という感覚は、芸術家であるかないかを問わず、この物語を手に取る読者なら誰もが一度は抱いたことがあるのではないだろうか。

けれど、トニオを多くの人と区別しているのは、人間としての充実した人生を芸術のために諦める覚悟を、トニオが固めている点だろう。望むと望まざるとにかかわらず、自分は市民的な幸せを得ることはできない——トニオはその運命を引き受けながらも、なお手に入らないものに憧れ続ける自分を直視してもいる。手に入らない美しいものを否定することも、貶《おとし》めることも、自分には必要ないとごまかして強がることもない。虚勢や負け惜しみではない、そんな哀しい潔さを、私は美しいと思う。

ほかにも、大人になってから再読した『トニオ・クレーガー』には、いろいろな発見があった。私の記憶のなかでいつの間にか「思春期の少年が周囲の世界に溶け込めない悩みを描いた思索的な作品」ということになっていた『トニオ・クレーガー』だが、読み始めてみると、まずなにより「読み物」として面白いことに驚いた。登場人物の姿が生き生きと目に浮かび（人物の外見や服装についての非常に詳しい描写も一役買っていることは間違いない）、主人公に感情移入して、次になにが起こるのか、トニオはどうなるのかとページをめくり続ける楽しみのある「面白い小説」だった。さらに、ユーモアの要素が多いことも意外だった。級友のイマータール、ダンス教師クナーク、デンマークのホテルの滞在客たち、ダンスパーティーの幹事役など、さまざまな人物が露骨なほど滑稽さを誇張して描かれているほか、友人リザヴェータにトニオがあしらわれる様子など、著者が積極的に笑いを取りにきているのがわかる箇所が頻繁にある。

現代の感覚で読んで面白い話である一方、『トニオ・クレーガー』が二十世紀初頭に書かれた作品であることを実感する場面も多かった。作中のドイツ語の使い方は当然ながら現代のそれとは大きく違っており、たとえば現代っ子であるはずの少年たちの話す言葉も、百年後の感覚で読むとなんだか上品で、美しくゆかしく感じられる。

また、「解説」で伊藤白氏が詳しく述べておられるとおり、同性であるハンスに対して、なんのためらいも言い訳もなく、さらりと「愛している」と書いてしまう、現代の読者の目から見るとむしろ先進的な感覚の一方、女性に対するトニオの（すなわち著者マンの）おそらく無意識の見方には、書かれた時代が色濃く出ている。このあたりは「解説」に詳しいので、ここでは深入りしないが、私が作中で興味深いと思ったのは、リザヴェータという人物だ。トニオがリザヴェータを大切な友人として尊重していることは、会話や彼の態度の端々からうかがえる。ところが一方で、トニオは芸術家としての己の苦悩について、リザヴェータにはわからないだろうと言わんばかりに一方的にしゃべり続ける。まるでリザヴェータが芸術家の範疇《はんちゅう》に入っていないかのように。

トニオと同年配で三十代前半だというリザヴェータは、当時の感覚ではすでに中年女性だろうか。画家として、女性としてどんな生活を送っているのか（トニオが憧れる平凡な市民的生活を彼女のほうは手に入れているのか）といったことには、作品中ではまったく触れられていない。だが二十世紀初頭のドイツにおいて、女性が画家として活動していくには、現代では想像もつかないさまざまな障壁や葛藤があったことだろう。リザヴェータにはリザヴェータの、芸術家として、女性としての苦悩があったことは間違いない。それなのに作中のリザヴェータは、トニオの話を辛抱強く聞き、

「私はただの馬鹿な絵描きの女だから」などと言って、トニオの苦悩を自分には理解できない屁理屈としておおらかに受け流し、そうすることでトニオを癒してやるという、要するによき友人、よき理解者の役割に徹しており、決して芸術家としてトニオと同じ土俵には立とうとしない。トニオが自分の苦悩を吐露する相手として選んだのがなぜリザヴェータだったのか、トニオにとってリザヴェータとはどんな存在だったのか——もしトーマス・マンが生きていたら、翻訳者の特権で、そのあたりを突っ込んで訊いてみたかった。

もちろん、だからといってトニオがリザヴェータに語る芸術家としての苦悩の切実さと哀しさが損なわれることはないし、『トニオ・クレーガー』という作品の価値が下がるわけでもない。著者が書いた時代の感覚と読者が読む時代の感覚が重なり合って、読み方にも感じ方にも厚みが出るところが、古典作品の面白さだろう。

さて、翻訳について少しだけ。これまで私は、翻訳という作業のあれこれについては、あまり語らないようにしてきた。トニオがリザヴェータに言うとおり、仕事の舞台裏は読者に見せるものではないと思ってきたし、そもそも翻訳者が翻訳について語ると、苦労自慢か言い訳のどちらか（またはどちらも）になってしまうのがオチだからだ。ただ、今回は作品の解説はトーマス・マンの専門家にお任せできるということで、そうなると翻訳者である私が書くこの「あとがき」に読者が期待するのは、やはり翻訳についての話ではなかろうか。そういうわけで、苦労自慢と言い訳を解禁して、一箇所だけ、読者と舞台裏を共有してみたいと思う。

小説終盤の山場、ハンスとインゲボルクが再登場する場面だ。トニオが投宿するデンマークのホテルに、思春期に恋い焦がれたふたり、ハンス・ハンゼンとインゲボルク・ホルムにそっくりのふたりがやってくる。トニオはふたりに声をかけることなく、ただ遠くから眺めるだけだ。さて、この場面、作中では一貫して「ハンスが」「インゲが」と書かれており、ふたりがトニオの愛したハンスとインゲ本人ではなく別人であることが明確に描写されている箇所はひとつもない。ではなぜ、ここで再登場するハンスとインゲは、小説前半のハンスとインゲとは別人だということになるのか。

まずは「状況証拠」から。ハンスもインゲも、トニオの故郷であるドイツのリューベックの出身だ。デンマークのヘルシンゲルからやってきた行楽客の一員であるとは考えにくい。また、後半のハンスとインゲは、トニオの前に手をつないで登場する。

つまり、ふたりは夫婦、兄妹など親しい関係にあるということではないか。ここに登場するのが本物のハンスとインゲならば、ふたりは血縁関係にはないのだから、手をつないでいるのなら夫婦（または恋人同士）だと考えるのが自然だろう。ところが、かつて憧れていたふたりがカップルになって現れたというのに、トニオはふたりの姿を見たことには驚いても、ふたりがカップルになったことに驚いたようすはまったくない。

もちろん、トニオが故郷の町を出た後に、ハンスとインゲは結婚したのかもしれない。そしてリューベックからデンマークへ引っ越した可能性もある。人間としてのタイプが似ている（とトニオは思っている）ふたりが夫婦になったからといって、トニオが必ずしも驚かねばならないわけではない。そもそも、手をつないでいるから血縁か夫婦、という発想自体が間違っていることもあり得る。だから、どれもあくまで「状況証拠」である。

結局、決定的なのは、本文のなかのいくつかの文章だ。たとえば「インゲはハンスの妹なのかもしれない」（一三五ページ）という文章。本物のインゲとハンスが兄妹でないことを、トニオは当然知っている。にもかかわらず、トニオの視点で書かれた文章にこうあるのは、明らかにおかしい。そしてもうひとつ、ここでようやく翻訳の問題になるのだが、「いま目の前にいるふたりがハンスとインゲボルクそのものに見えるのは、個々の特徴や、服装が似ているからというよりは……」（一三一〜一三二ページ）という文章。この文章には私の解釈が多分に入っている。ここは原文を直訳すると、「彼らがそれ（es）なのは……個々の特徴や服装の類似のためというよりは……」となる。まず、直前の文章「トニオ・クレーガーはふたりを見つめた……ハンスとインゲボルク」からも、話の流れからも、「彼ら」がハンスとインゲボルクのことであるのは明白だ。だが、「それ（es）」の内容をどう解釈するかで、文章の意味はまったく変わってくる。「彼らがそれなのは」とは、「（ほかの誰でもなく）ハンスとインゲボルクがトニオの愛した人だったのは」という意味だと読むこともできるかもしれない。だがそうすると、その後に続く「服装の類似のためというよりは」という箇所でつまずく。服装が似ているのがハンスとインゲだということになるからだ。ダンスパーティーの会場でハンスが着ているのは水兵服、インゲは花模様のドレス。似ているとはとても言い難い。では、服装が似ているのは誰と誰か。当時のハンスおよびインゲと、いま目の前にいるハンスおよびインゲ（に似た人）だと考えるのが自然ではないか。となると、「彼らがそれなのは」とは、「目の前のふたりがハンスとインゲなのは（ハンスとインゲに似ているのは）」という意味だろう。いまトニオの目の前にいる「ハンスとインゲ」が、よく似た別人であって、本人ではないと考えれば、「服装の類似」も含め、その後に続く文章にすとんと納得がいくのである。

以上のようなわけで、ダンスパーティーに現れた「ハンスとインゲ」は、小説前半に登場するハンスとインゲ本人ではないという結論に達する。大人になったトニオが憧れるのは、ハンスやインゲ本人ではなく、幸福な人生を送る凡庸で美しい人の象徴としての「ハンス」と「インゲ」なのだろう。

とはいえ、著者が一貫して直接的な説明を避けているのだから、翻訳に上記の解釈をどのあたりまで反映させるか、つまり、再登場するハンスとインゲが本人でないことを翻訳でどこまで匂わせるかは、訳者の裁量だ。これはほんの一例で、たとえばハンスは自分のことを「僕」と呼ぶか「俺」と呼ぶか（トニオに関しては「僕」で迷わなかった）、トニオとリザヴェータはどんな口調で会話するかなど、迷いながら決断を下した箇所は数えきれない。むしろ、迷わなかった箇所のほうが少ないくらいだ。

さらに、トーマス・マンは世界的巨匠であり、『トニオ・クレーガー』はその代表的な作品のひとつだ。これまで幾度も日本語に訳されてきた古典なのだから、読者のなかに原作と突きあわせる人のみならず、過去の訳と読み比べる人が多くいるであろうことは想像がつく。翻訳に際して、そんな事実の前に萎縮しなかったといえば嘘になる。通常ならためらうことなく実行する書き換え、意訳、語順の入れ替えなどを、思わず躊躇《ちゅうちょ》したことも数えきれない。翻訳というのはもともと大小の決断の連続で、そこにこそ醍醐味があると思っているが、今回はひとつひとつの決断により重みがあった気がする。

しかし最終的には、翻訳者としてトニオの思いの胸を締め付ける切実さ、哀しさ、文章のリリカルな美しさ、品と同時に、この作品の小説としての面白さ、軽妙でときに滑稽な一面をも掬《すく》い上げることに努めた。つまり、本書を私がこれまで翻訳してきた同時代文学と同じひとつの文芸作品として、先入観なしに素直に読み、いわば作品の「声」に耳を傾けることを自分に言い聞かせながら仕事を進めた。その結果の評価は、読者に委ねるのみである。

ドイツで暮らしていると、古典とされる文学作品がいまでも身近な存在であることをしばしば実感する。トーマス・マンとその諸作品も同様で、いまも作品が次々に映像化されるのはもちろん、マンとその一族についての映像作品や書籍が発表されない年はない。とりわけ、二〇〇一年の映像大作『マン家の人々』三部作は、放映当時非常に大きな話題を呼んだのみならず、現在でもＤＶＤが売れ、繰り返し視聴されている。現代ドイツ人のマンに対する関心は高く、その作品もいまだに現在形で読まれている。日本語版の『トニオ・クレーガー』も、国や時代が違っても変わらない切実なテーマを持つ古典として、そしてなにより「面白い」小説として、読者に受け入れてもらえれば、翻訳者としてこれほどうれしいことはない。

最後に、翻訳の過程では多くの方のお力をお借りした。まずなにより、『トニオ・クレーガー』を翻訳なさってきた偉大な先達に、敬意と感謝を捧げたい。今回の翻訳にあたっては、実吉捷郎訳、高橋義孝訳、平野卿子訳を参考にさせていただいた。それぞれに個性のある素晴らしい翻訳で、これまですでに邦訳のある作品を訳したことのなかった私は、彼らの名訳にさらに私の翻訳を加える意味があるのだろうかと思うこともあった。だが、ある歴史と文化を背景にした言語で書かれた作品を、別の歴史と文化を背景にした言語に移せば、それがどれだけ「忠実な」翻訳であろうと、原作とはそのニュアンス、音、色、匂いなどがどこか違う作品が生まれる。それは翻訳の宿命であり、必然だ。原作からなにを汲《く》んで、なにを汲まないか、そして場合によってはなにを付け加えるか。そこにこそ翻訳者の個性が表れる。ならば、私が原文から聞き取り、汲み取ろうとした声が加わることで、「日本語の小説」としての『トニオ・クレーガー』がわずかなりと豊かになる可能性もあるのではないか。そうであることを願う。

　そして、「迷ったら冒険するほうを選んでほしい」「訳者の日本語の感覚を大切にしてほしい」という言葉で力強く背中を押し、支えてくれた光文社翻訳編集部の小都一郎さんと、前編集長の駒井稔さん、現編集長の中町俊伸さんにお礼を申し上げたい。お三方のお蔭で、翻訳という仕事において繰り返し直面する決断に、勇気をもって臨むことができた。

二〇一八年六月

浅井晶子

本書では、ドイツ語のzigeunerの訳として、英語由来の「ジプシー」を当てています。今日的な観点からすると配慮の必要な呼称であり、本文中でも差別的な意味合いで使用されています。歴史的に流浪を余儀なくされてきた彼らへの差別は、主にヨーロッパ各地で現代でも続いており、今では定住する者が多いにもかかわらず「流浪の民」と呼ばれたり、犯罪行為と直接結びつけて差別的に扱われたりしているのはご承知のとおりです。こうした状況から、近年は彼らが自称する「ロマ（人間）」と表記するのが一般的です。しかしながら、本書が成立した一九〇三年当時の時代背景と、登場人物の人格形成を表すのに欠かせない表現である点に考慮した上で、当時の呼称をそのまま使用しました。それが今日ある人権侵害や差別問題を考える手がかりになり、ひいては作品の歴史的価値および文学的価値を尊重することにつながると判断したものです。もとより差別の助長を意図するものではないということを、どうぞご理解ください。

編集部

光文社古典新訳文庫

トニオ・クレーガー

著者　マン
訳者　浅《あさ》井《い》晶《しよう》子《こ》

2018年8月20日　初版第1刷発行

発行者　田邉浩司
印刷　慶昌堂印刷
製本　ナショナル製本

発行所　株式会社光文社
〒112-8011東京都文京区音羽1-16-6
電話　03（5395）8162（編集部）
03（5395）8116（書籍販売部）
03（5395）8125（業務部）
www.kobunsha.com

落丁本・乱丁本は業務部へご連絡くだされば、お取り替えいたします。
ISBN978-4-334-75383-2 Printed in Japan

いま、息をしている言葉で、もういちど古典を

長い年月をかけて世界中で読み継がれてきたのが古典です。奥の深い味わいある作品ばかりがそろっており、この「古典の森」に分け入ることは人生のもっとも大きな喜びであることに異論のある人はいないはずです。しかしながら、こんなに豊饒で魅力に満ちた古典を、なぜわたしたちはこれほどまで疎んじてきたのでしょうか。

ひとつには古臭い教養主義からの逃走だったのかもしれません。真面目に文学や思想を論じることは、ある種の権威化であるという思いから、その呪縛から逃れるために、教養そのものを否定しすぎてしまったのではないでしょうか。

いま、時代は大きな転換期を迎えています。まれに見るスピードで歴史が動いていくのを多くの人々が実感していると思います。

こんな時わたしたちを支え、導いてくれるものが古典なのです。「いま、息をしている言葉で」――光文社の古典新訳文庫は、さまよえる現代人の心の奥底まで届くような言葉で、古典を現代に蘇らせることを意図して創刊されました。気取らず、自由に、心の赴くままに、気軽に手に取って楽しめる古典作品を、新訳という光のもとに読者に届けていくこと。それがこの文庫の使命だとわたしたちは考えています。

このシリーズについてのご意見、ご感想、ご要望をハガキ、手紙、メール等で翻訳編集部までお寄せください。今後の企画の参考にさせていただきます。
メール　info@kotensinyaku.jp

光文社古典新訳文庫　好評既刊

ヴェネツィアに死す

マン
岸　美光　訳

高名な老作家グスタフは、リド島のホテルに滞在。そこでポーランド人の家族と出会い、美しい少年タッジオに惹かれる…。美とエロスに引き裂かれた人間関係を描く代表作。

だまされた女／すげかえられた首

マン
岸　美光　訳

アメリカ青年に恋した初老の未亡人（「だまされた女」）と、インドの伝説の村で二人の若者の間で愛欲に目覚めた娘（「すげかえられた首」）。エロスの魔力を描いた二つの女の物語。

詐欺師フェーリクス・クルルの告白（上・下）

マン
岸　美光　訳

稀代の天才詐欺師が駆使する驚異的な騙しのテクニック。『魔の山』と好一対をなす傑作ピカレスク・ロマンを、マンの文体を活かした超絶技巧の新訳で贈る。圧倒的な面白さ！

車輪の下で

ヘッセ
松永美穂　訳

神学校に合格したハンスだが、挫折し、故郷で新たな人生を始める…。地方出身の優等生が、思春期の孤独と苦しみの果てに破滅へと至る姿を描いた自伝的物語。

デーミアン

ヘッセ
酒寄進一　訳

年上の友人デーミアンの謎めいた人柄と思想に影響されたエーミールは、やがて真の自己を求めて深く苦悩するようになる。いまも世界中で熱狂的に読み継がれている青春小説。

光文社古典新訳文庫　好評既刊

黄金の壺／マドモワゼル・ド・スキュデリ
ホフマン
大島かおり 訳

美しい蛇に恋した大学生を描いた「黄金の壺」、天才職人が作った宝石を持つ貴族が襲われる「マドモワゼル・ド・スキュデリ」ほか、鬼才ホフマンが破天荒な想像力を駆使する珠玉の四編！

砂男／クレスペル顧問官
ホフマン
大島かおり 訳

サイコ・ホラーの元祖と呼ばれる、恐怖と戦慄に満ちた傑作「砂男」、芸術の圧倒的な力とそれゆえの悲劇を幻想的に綴った「クレスペル顧問官」などホフマンの怪奇幻想作品の代表傑作3篇。

くるみ割り人形とねずみの王さま／ブランビラ王女
ホフマン
大島かおり 訳

クリスマス・イヴに贈られたくるみ割り人形の導きで、少女マリーは不思議の国の扉を開ける……奔放な想像力が炸裂するホフマン円熟期の傑作2篇を収録。（解説・識名章喜）

マルテの手記
リルケ
松永美穂 訳

大都会パリをさまようマルテ。風景や人々を観察するうち、思考は奇妙な出来事や歴史的人物の中へ……。短い断章を積み重ねて描き出される若き詩人の苦悩と再生の物語。（解説・斎藤環）

水の精《ウンディーネ》
フケー
識名章喜 訳

騎士フルトブラントは、美少女ウンディーネと出会う。恋に落ちた二人は結婚しようとするが……。水の精と人間の哀しい恋を描いた宝石のように輝くドイツ幻想文学の傑作。待望の新訳。

光文社古典新訳文庫　好評既刊

幸福について
ショーペンハウアー
鈴木 芳子 訳

「人は幸福になるために生きている」という考えは人間生来の迷妄であり、最悪の現実世界の苦痛から少しでも逃れ、心穏やかに生きることが幸せにつながると説く幸福論。

ツァラトゥストラ（上・下）
ニーチェ
丘沢 静也 訳

「人類への最大の贈り物」「ドイツ語で書かれた最も深い作品」とニーチェが自負する永遠の問題作。これまでのイメージをまったく覆す、軽やかでカジュアルな衝撃の新訳。

善悪の彼岸
ニーチェ
中山 元 訳

西洋の近代哲学の限界を示し、新しい哲学の営みの道を拓こうとした、ニーチェ渾身の書。アフォリズムで書かれたその思想を、肉声が音楽のように響いてくる画期的新訳で！

道徳の系譜学
ニーチェ
中山 元 訳

『善悪の彼岸』の結論を引き継ぎながら、新しい道徳と新しい価値の可能性を探る本書によって、ニーチェの思想は現代と共鳴する。ニーチェがはじめて理解できる決定訳！

この人を見よ
ニーチェ
丘沢 静也 訳

精神が壊れる直前に、超人、ツァラトゥストラ、偶像、価値の価値転換など、自らの哲学の歩みを、晴れやかに痛快に語ったニーチェ自身による最高のニーチェ公式ガイドブック。

★続刊

白痴4　ドストエフスキー／亀山郁夫・訳

「世界一美しい恋愛小説」も、いよいよ大詰めを迎える。主人公たち四人の錯綜する関係と、ある「予言」がみちびく恐るべき可能性……。美女二人の最終対決の行方は？　そして地上のキリスト、ムイシキン公爵に降りかかる驚愕の運命とは⁉

未来のイヴ　ヴィリエ・ド・リラダン／高野優・訳

恋人アリシアの軽薄さに幻滅していたエウォルド卿に手をさしのべたのは、アメリカの発明家エジソンだった。エジソンは、アリシアを模した美貌に知的さを備えた機械人間ハダリーを生み出すが……。アンドロイド小説の始祖、待望の新訳！

方丈記　鴨長明／蜂飼耳・訳

仏教的無常観を表現した随筆であり、日本中世の名文とされる『方丈記』。その息遣いを瑞々しい訳文で再現、挫折し葛藤と逡巡を繰り返す鴨長明の意外な一面も浮かびあがる。『新古今和歌集』所収の和歌十首と訳者のオリジナルエッセイ付き。

kobunsha classics